由太阳唤醒，由月亮催眠，不由其他；被光充满，被暗收藏，不被其他。

——选自《池莉诗集·69》

从容穿过喧嚣

池莉 著

江苏凤凰文艺出版社
JIANGSU PHOENIX LITERATURE AND ART PUBLISHING

辑二·真正爱就是这么普通平常与苦涩

目录

辑一·就这样爱上生活

辑四·千万不要辜负我们这个时代的草

辑三·幸福其实是一种能力

辑六·我们是否应该结婚

辑五·我选择信仰向日葵

辑八·生命是用来挥霍的

辑七·满头青丝，闲庭信步

前因后果的草丛里，
必会有人仰卧，
嘴里含一片草叶，
凝望云朵。

第一辑

就这样爱上生活

假如你没有吃过菜薹

先，赶紧，设法，吃吃菜薹。

假如你没有吃过菜薹，无论你是谁，无论享有多么世界性的美食家称号，无论多少网友粉丝拥戴你为超级吃货，我都有一个好心的建议，先，赶紧，设法，吃吃菜薹。

武汉有一种蔬菜，名叫菜薹。如果需要摆明菜薹的正宗血统，就叫洪山菜薹。洪山是武汉市的一个区，在长江以南。武汉人一般懒得把行政区划说那么清楚，凡长江以南，就说是武昌。凡长江以北，就说是汉口。不看南北，只看两江兼得，那就是汉阳了。

武汉三镇，都有菜薹，同一个城，价格却完全不同。汉口人家卖菜薹，只要说是武昌过来的就行了，价格就可以很坦然地高于汉口、汉阳。过生活的人家，都不会买错。菜薹的品相绝对不一样：肤色深紫且油亮的，薹芯致密且碧绿的，个头健壮且脆嫩的，香味浓郁且持久的，自然就是武昌过来的。

武昌土壤呈弱酸性，是黑色沙瓤土。汉口土壤呈弱碱性，多黄色黏性土。汉阳土壤就更复杂，地下有矿藏，什么石灰岩、铁矿石之类等等。最适合菜薹生长的，就是武昌了。虽说作为蔬菜，自然具有相对的普适性，武汉三镇、大江南北，延及整个江汉平原，也都有苗不愁长，也都还是挺好吃，也都深受广大人民喜爱。有趣就有趣在：所有菜薹中，就数武昌洪山菜薹最佳。别处菜薹拿来，万万不可相提并论，相形便见绌，入口便知晓。洪山菜薹就像一武林高手，身手一亮，立见分晓，你只需定睛看它一眼，就可见在芸芸菜薹中，它是如此出类拔萃，卓尔不凡，鹤立鸡群。而且洪山菜薹也就像所有大人物大明星一样，一旦身居某阶层顶端，就会有种种神奇传说围绕你。

洪山菜薹的传说太多了。除了当代商业编造了许多矫揉造作、文理不通的广告性质的故事之外，民间大众口口相传最为久远的版本，恐怕还就是所谓“钟声塔影”。说的是洪山宝通寺塔影之中的那块土地，与延及本寺庙钟声可闻的那片土地，出产的菜薹才是最最好吃的菜薹。这个传说之所以流传千百年，我想还是有一定的合理性。只因菜薹是顶爱干净的蔬菜，寺庙乃俗世最洁净的净土，菜薹在寺庙环境的庇护下，远离尘嚣与践踏，自然生得最好了。

说菜薹是顶爱干净的蔬菜，还是谦虚的夸奖，菜薹简直是洁身自好到了毅然决然的与众不同，也是孤标傲世到了与其他蔬菜的绝不苟同。一般蔬菜，都会选择气候温暖的季节，菜薹偏偏选择最寒冷季节。看似千娇百媚的蔬菜，倒生就一副傲雪凌霜的风骨。它也偏偏不是叶子作为菜蔬，它的菜蔬是那段质感最佳、营养含量最高的茎。这样作为蔬菜，菜薹就有效避免了叶类蔬菜的单薄、粗纤维太多、草酸含量偏高的缺陷。菜薹却也并不因此走茎块路线，把自己埋在地底下、泥土里，而是酷爱阳光、寒风和雪霜。寒露时节是万物凋零萎谢之始，却是菜薹拔节生长之时。

不要搞错，菜薹还不是菜苔。那些油菜青菜一类蔬菜，抽苔主要是为结籽留种，菜薹主要是为食用。如果冬至有幸落一场大雪，你就会看到那脸盆一般大的一兜兜菜薹，菜心的胸怀无比宽阔，怀抱大捧唰唰冒头的菜薹。翌日雪霁，那些昨夜冒头的菜薹已经一根根茁壮挺立，茎粗壮，色嫩紫，冠顶是鹅黄色簇状小花，五六根就是一盘菜肴。而且，这不，今天刚采摘过的，明天又会蓬勃冒出新的一茬，越是雪大，越是喜人，越是独孤，越是丰沛。

菜薹又是典型的时鲜，随采随吃最妙。它冷藏花容失色，冰冻即坏，隔天就老，它是如此敏感与高冷，如此宁为玉碎不为瓦全。但菜薹也不是一味要自己的标新立异，客观上倒是很为他人：人类的寒冬季节，蔬菜原本稀少，人生苦短，所以须及时吃喝，也算是蔬菜里头的一首无字诗《金缕衣》了，提醒的也还是“劝君莫惜金缕衣，劝君惜取少年时。花开堪折直须折，莫待无花空折枝”。

这就是菜薹，你不踏雪采摘，你不亲手料理，你不尽快品尝，你就得不到真经。唯有你不辜负它，它才不辜负你。虽说菜薹老了也能吃，味道却是天壤之别。当然菜薹自然也有平易近人、通俗易懂之处，尽管它冰清玉洁、纤尘不染，料理起来却十分方便，只需要掐成几段，清水过过就好。且它还有一点可爱的小撒娇：菜薹伤刀，亲人。说的是它不喜金属切菜，喜人手料理。然后放进锅里，翻炒几下，顿时就香气四溢。荤素凉拌，般般相宜。菜薹炒腊肉这道菜肴之所以经典，那是因为有了菜薹腊肉更香，而不像许多蔬菜，靠肉长香。别忘了菜薹的菜汁，得浇在刚出笼的滚热白米饭上，那龙胆紫的颜色，紫水晶的光泽，美味指数无法衡量，只好用最时髦的养生热词：满满都是花青素啊！

满世界都以为武汉人好辣，其实那要看吃什么东西。对于新鲜蔬菜，武汉人的最高评价只有一个标准，唯一的一个标准，三个字——甜津了。菜薹当真就是甜津了。熟吃生吃都是甜津津的。

似这般好蔬菜，现在却是世人难见真佛面了。餐馆饭店全都是物流配送大棚菜了。大棚菜基本都是娃娃菜一类。现在是商人不解煮，富人不解吃，年轻人只喜吃概念。更有懒人宅人，冰天雪地足不出户沉溺手机刷屏叫叫外卖就好。至于外卖快餐是怎样制作出来的，就不去想了。相信谁拍拍脑袋都会明白，什么叫作以最低成本博最高利润，遗憾的是，当今能够拍拍脑袋再开口的人，已所剩无几。

谢天谢地，我是至今都不肯放弃这一种美好传统、这一口饮食福气的。冬季到了，是菜薹季节了，再忙再冷再不方便，我也不管，只管要千方百计挤时间，跑菜场，精心选择采买。回到家里，即刻动手，择菜炒菜，很快，一盘油光水滑的鲜嫩菜薹就上桌了，仅仅只是看一眼，就耳目一新，胃口大开。

半辈子，无数次，面对菜薹，我就变成了一个神秘主义者。每当吃到菜薹中的绝佳极品，我都会心生敬畏，总觉得这种蔬菜是一个不可言喻的神迹。菜薹会令我情有独钟、不离不弃到即便它们老了也要养着，花瓶伺候，权当插花，它会再为我盛开半个月，左看右看都别致。也不知道为什么，看花时，一回回，某些潜伏在记忆中的诗句，会三三两两浮现出来，在菜薹细碎的花瓣中光影跃动：

那些知道
这里发生过什么事情的人
必将让位给那些
所知甚少的人。
所知更少的人。
最后几乎一无所知的人。
在那淹没了
前因后果的草丛里

必会有人仰卧

嘴里含一片草叶

凝望云朵。

唉，平常日子里头生发出这样一些生动时刻，竟会是由于一种蔬菜，怎么能够不叫我心中暗叹：菜薹哦菜薹，真的是我对武汉这个城市最深最深的一份眷恋。

2018 年 2 月 12 日

就这样爱上热干面

沧海横流，网红纷纷胡乱篡改以后，回头一看，什么花样都还是比不过清清爽爽、唯我独尊的现烫现拌现吃的一碗面。

这天，又睡大懒觉了。起床后再混混，已近 11 点，终于发现，饿了。最饿又是最懒的时候，最想把早餐午餐一起解决的时候，自然地，热干面浮上我的心头。

热干面，热热的，烫烫的，干干的；干干的但绝对又是滑爽的，柔韧的，弹牙的；芝麻酱小麻油是喷香的；葱花咸萝卜丁是鲜脆的；不辣、微辣或重辣，是随意的；且辣椒酱是那种干红辣椒碎炒煳了油浸的——这种油浸辣椒碎的特殊香味吃一次永难忘；这样一碗热干面，教你怎么不想它！

热干面，切忌单吃，必须是有配套饮食的。标配是一碗甜而不腻的清米酒，或者蛋花米酒。要点在于鸡蛋得新鲜，米酒得自酿，一般自尊自爱自重的热干面店家，鸡蛋米酒那是绝不含糊的，正如好马配好鞍。热干面配米酒，就好比咖啡配奶精伴侣？不不不，比咖啡与伴侣更重要，热干面如果没有了那一碗米酒相配，正如侦破谋杀大案的刑警失去了搭档——不不不，这个比喻也不恰当，只不过结果相似：那就是一桩很伤心的事，案件不好办，过程不好看，结局很难说。吃饱是当然的结果，一碗热干面够饱，但吃好才算一个圆满结局。吃饱只是果腹，吃好就有情怀了。吃好了情绪就饱满了，看天上人间就都是喜悦，上班路上塞满车也无怨无悔去上班。不饿的满足感，与吃好的幸福感，归根到底是两码事。在这一点上足够体现出生物的本质，人就是人，动物就是动物。

武汉的早点，用武汉话说就是“过早”，武汉人喜在街上过早。武汉街上的早点铺子，三五步一家，星罗棋布，方便得很。早点铺子也大多是有热干面的。大清早，起床就是梳洗，忙着出门上班，胃口都还没有怎么打开。走到户外，被大街小巷早点铺子的热干面香气一熏，胃口就来了。运气不错的话，碰到一家不错的热干面馆，原料都还不错，那就来一碗热干面，再配一碗蛋酒或清酒，那么吃饱与吃好，就可以得兼了，劲儿抖抖的一天，将从此开始。

是的，热干面是早点。是的，热干面是素食。是的，热干面是新鲜面条。

什么当宵夜吃，什么加料吃，加什么鳝鱼、牛蛙、牛肉、猪肉的创新吃，都是万万使不得的，热干面就是加天仙都不成。加了就变味，包括原味热干面的方便面面饼，泡吃的那种，也不是那个事。一律，可以这么讲：一律都是旁门左道。基本属于旅游产品，经不起时间检验。是的，热干面再大众不过了，却绝不随意。尤其这些年来，经过了几番经济大潮，沧海横流，网红纷纷胡乱篡改以后，回头一看，什么花样都还是比不过清清爽爽、唯我独尊的现烫现拌现吃的一碗面。事实就是事实。随便你怎么狠，狠不过人的味蕾。狠不过已成经典的经典。热干面就是经典，只能一版再版加印无数次，而画蛇添足的事儿，真就不要再做了。

于是出现了这么一天。当我饿了，当我懒得做饭，当我想吃个早午餐，亲爱的热干面，就悄然浮上我的心头。我跟着感觉跑，直奔附近一家不错的热干面馆。一路上默默祈祷这家热干面馆的热干面备货充足，因为这是一条旅游街，这家热干面馆总归要比日常的早点铺子备货更多。一般的早点铺子，热干面早就卖光了，店家也一边歇去了。一般的早点铺子，我也不敢进去。现在太多这样的加盟连锁店：把花生酱冒充芝麻酱，把小麻油减掉换成肉汤，再用一大勺子鸡精味精起鲜。

这家馆子不叫小街巷里面的“强强早点”或“华华热干面”，叫作“武汉热干面”，好像自己是开在外地一样。其实，就算馆子开在外地，也不用写“武汉”，热干面只能是武汉的，中国还有哪个城市是热干面呢？中国还有哪个城市，像武汉人这样，都在外面过早，过早就是热干面呢？我一进店，就先对下面的师傅笑道："下一碗武汉热干面。"我用武汉话，把"武汉"二字使劲强调了一下。

师傅顽皮道："武汉的热干面？"

我说："是的！武汉的。"

都笑了。这是一个小玩笑。我和下面的师傅，我们在逗乐，在一起嘲弄本店的招牌。都感觉"武汉热干面"，这名字取的有点苕货。更重要的在于，这个小玩笑，并非只是小玩笑，事物的本质在小玩笑中冉冉凸显：有趣！一切生机从有趣开始。有趣让我和师傅心情愉快，看彼此都面善。有趣让我味蕾绽放如鲜花盛开。现在有些生意人很冷，只顾赚钱，哪管意趣？懂都不懂的！现在许多大城市，你仅仅吃一碗面条，人家只赚一点点小钱，谁跟你说话？厨师呢，只顾操作，做完跑外面，蹲在墙角，抽烟刷手机。而热干面师傅是离不开操作台的。而热干面师傅是有传统的，他们职业老习惯，就是习惯与吃客搭话。这位师傅和我说话。只说一两句我们都懂的话。边说边笑。在我们说笑之间，热干面就下好了，再配一碗热腾腾的清米酒。我一看，热干面又减量了：一只大海碗，面条只是碗底一小撮。这对我打击很大，顿时，我黯然神伤。我便用黯然神伤的目光，真心去瞅师傅。

师傅果然问："么样？"

我委屈诉说："这少！"

师傅说："是碗太大了吵。是一般姑娘伢都吃不完吵。"

我说："我吃得完吵。我好饿哦！"

我话音刚落，师傅豪放地说："咳，早点说吵！再把你一点就是！"

师傅立刻又抓了一小撮热干面，在漏勺里反复烫好，扣进了我碗里，又添加佐料，递给我，说：不要钱！一份久违的古道热肠，从热干面里头，满满洋溢出来，教人怎么不爱它？！

记得在很久很久以前，我们就是这样吃热干面的，我们也就是这样爱上热干面的，仿佛在自己家里吃面，丰俭由人。当年在汉口蔡林记热干面馆吃面，长年排队，我们依次排队过去，看着师傅下面。吃不了我们就会说"师傅少把一点"；饿极了我们就会说"师傅多把一点"；想吃筋道一点的我们就会说"师傅少烫一哈子啊"；想吃绵软一点的我们就会说"师傅多烫一哈子啊"，师傅肯定是要理会的，嗯一声，或点个头，或眨个眼，心到手到，百忙之中总是会兼顾吃客的要求，让我们觉得热干面就是这样亲。当然，那是很久以前的事了。

无论很久以前，还是现在抑或将来，热干面之所以好吃，正是人与人密切配合的结果，也是下面师傅与面条随时斟酌的结果，艺术性很强，机械性很弱，最强烈的调味元素就是人情味。另有一点特别重要，得要再次叮嘱：热干面务必堂吃！迟了一些儿，面就趴了，香就跑了，芝麻酱就糊了。当堂，等在炉子旁边，烫好就吃，专心致志，埋头苦干，好比陷入热恋——这才是吃热干面应有的态度。

2014年3月23日

凛冬将至，要不要喝碗排骨藕汤

藕有世界上顶好的温柔性情，无论春夏暑寒，你要它做什么，它百依百顺，无有做不成的。却唯一，有一桩事情，你得依它，这就是煨藕汤。

又一个朋友要走了，这一次，跟随她的德国丈夫，是完全地彻底地回德国去了。一晃，他们来中国，竟然有了二十多年。曾经，朋友与我，热火朝天逛夜市、吃夜宵、嘻嘻哈哈，在路边地摊上买我的盗版书。也曾在书房把盗版书全都找出来，堆成一摞，拍照，让我感觉感觉“著作等身”。时间越久，友谊越深，一旦有了心心相印的过去，友情从此就不再会过去。一切都在着了，点点滴滴都是美好回忆了。

我知道朋友酷爱吃武汉家常菜。眼看凛冬将至，我决定煨汤。

我要精心煨一铫子排骨藕汤，来为朋友饯行。只可惜，临了事不凑巧，阴差阳错，朋友们之间的时间总也对不上。关于排骨藕汤的美好愿景，也就随风而去了。武汉江湖，义字当先，历来送别朋友，总是不能够白送。就文人墨客来说，比如唐朝李白送孟浩然之广陵，朋友们先一起吃顿好酒，那是自不必说的了，然后又在黄鹤楼登高目送，还要赋诗一首。这样的送别，当然很高级，一送就送成了千古佳话。轮到我辈，就很 low 了。不过只是想煨个汤，也都还是无论如何煨不成。思来想去不甘心，现在我们再 low，再煨不成汤，写写煨汤总可以吧？然后也不必去爬黄鹤楼，就低头动动手指，发个万能的微信，异国他乡的友人也能够即时收到，就算尽了一份朋友心意。

提不得藕！一旦提起藕，无法不生出无限感慨。大千世界，植物何止万万千千，能够食用的菜蔬，又何止千千万万。却只有藕，是从精神上到物质上，从文艺上到餐饮上，都能够给人全方面营养，真是奇了怪了。一年四季，从春天开始，就有了诗："小荷才露尖尖角，早有蜻蜓立上头。"接下来，荷塘景色，一路被追随，诗歌音乐散文、走过的路过的，怎么表达，都表达不尽。还有绘画在后头，绘画对荷塘荷叶莲藕，更是情有独钟，无数画笔，不厌其烦，不怕重复，从小荷画到老荷，从老荷画到残荷，从莲蓬画到莲子，从莲子画到莲藕。莲藕的前世今生，真是一生尽浪漫，无处不风流。

这里主要说的，就是食用了。食用方面，也普适性强得不得了。

这不刚刚诗句说的是“小荷才露尖尖角”，而其实，小荷深埋在塘底的根部，也已经有了扎扎实实的内容：藕带。早春藕带，最是抢鲜菜，满市场，数它最贵，还贵得人们口服心服无话可说，只因一盘清炒藕带或者酸辣藕带，征服起食客来，那是所向披靡。很快，转眼就是初夏，初夏就出藕了。初夏的藕，武汉管它叫作白凌藕。瞧这名字，起得跟人名似的。白凌藕也的确不负虚名，白生生、水灵灵、嘎嘎脆，在湿热潮闷胃口欠佳的夏季，切了薄片凉拌一盘，放几片新鲜红辣椒，再滴几滴香醋，让人只是闻到气味就口舌生津了。藕这个东西，卿本佳人，出污泥而不染；又有世界上顶好的温柔性情，无论春夏暑寒，你要它做什么，它百依百顺，无有做不成的：生吃、凉拌、小炒、干煸，藕丝、藕合、藕蟹、糯米糖藕、卤藕、泡菜藕、藕粉，吃法多极了，数不胜数。怎样吃，都有一口干干净净的纯粹原味。就连荷叶，还可以做荷叶烤鸡、荷叶蒸糯米。却唯一，有一桩事情，你得依它，这就是煨藕汤。

现在单说煨藕汤。

煨藕汤，只能在冬季。只能用粉藕。你不依它就不成。我走遍大江南北，有藕的地方不算少，把排骨煨藕汤做成一道名菜的，却只有湖北，却只有武汉，却只有以武汉为主的江汉平原一带。别处即便煨了藕汤，也不是那个藕汤。藕汤与藕汤之间，味道口感有天渊之别。湖北人煨藕汤，那藕，得是冬季几次寒霜过后的藕。更挑剔的吃家，那得是雪后的藕。十冬腊月，戳破冰凌，起藕塘的农人，穿深筒子胶鞋，鼻尖冻得红红。那藕，才是真正煨汤的藕。煨汤的藕，是熟透了的藕，熟得粉嫩甜津、藕丝绵长，藕香特别浓郁。

不过藕的隐蔽性极强。藕的外表，都长得差不多，很难区别是粉藕或不是粉藕。一般为了保持新鲜，市面出售的藕，一般都糊着塘泥。

你只好问卖藕人："粉不粉？"

所有卖藕人都会拍胸脯保证："粉！"

也有个别人嗜好脆藕，问卖藕人："脆不脆？"

所有卖藕人都会拍胸脯保证："脆！"

你基本就傻眼了。况且现在的藕，凭借化肥农药，都被催生得肥肥胖胖，卖相挺好，树梢还没有黄，早早就上市，到处成堆卖。藕又便于存放，初冬卖到寒冬，也是常有的事情。一旦买错了藕，那汤是怎么都煨不粉，吃在嘴里硬邦邦的，香甜就更不谈了，藕丝呢，几乎没有。所以现在挑选煨汤的藕，已经算得上是一个高精尖本事了。全靠吃家懂得挑选了。就算你自恃慧眼识珠，在花样翻新的炒作面前，你的经验也往往过时。老吃客，看走眼的，也多得去了。我也不敢自夸，每年冬季，家里必定是要煨几次藕汤的，也都要靠多次的失手来垫底。

藕选好了，轮到排骨。

民间老话说是吃肉不如喝汤。肉只是藕的搭档。可是这个搭档，也相当相当重要。肉不好，足以毁掉一锅汤。武汉藕汤号称排骨藕汤，其实不仅仅只是排骨，而是多种骨头的组合。一点筒子骨，一点扇子骨，一点带里脊肉的脊骨，再加几块带皮五花，这“几剑客”到齐了，藕汤才能够煨出传统经典的味道来。藕汤一定是要大油煨的，煨好了上桌再撇油不迟。

接下来是厨具。拜托，千万不可高压锅。也不可一提传统，就沿用家里祖传下来的砂锅铫子——砂锅铫子曾经很好，但是跑气漏气和含铅量高，已经是极大的弊病。我家就有祖传砂锅铫子，多次试用之后，业已束之高阁。我启用了当代新厨具，用的是双立人旗下的珐琅汤锅，效果还真是不错。

佐料只需姜片和葱结。食材一一备齐，想喝浓汤开水下锅，想喝清汤冷水下锅。肉煮沸了，撇泡沫，下藕。大火煮沸转中火，再转文火，其间不可再揭锅盖跑气。这个时候，你得超级耐心，得守住火，得上慢生活的节奏，无论你是否够老，你都要像老奶奶那样守得住火，专注于汤锅的冒气程度，随时微调火候。两个多小时过去了，藕汤煨好了，厨房的香气早就飘逸出去香了一条街，黄昏街上匆匆回家的行人，嗅嗅鼻子，左右瞅瞅，羡慕地寻思：这是谁家？煨得好藕汤！

我们只说藕汤。我们所有关于藕汤的秘诀，都在这两个字里头。

藕汤是武汉人的暗号。只有外地人，才会说莲藕汤或者说排骨莲藕汤。

大雪了。冬至了。西北风阵阵紧逼，即将天寒地冻。顶风冒雪回家，手脚冰凉，如果家里有这么一碗上好的藕汤，热腾腾、香喷喷，袅袅香氛中连荷塘四季的诗情画意都若隐若现。这样的浓汤粉藕，喝它一大碗，脚底板的热气直透心田，热泪就要涌出眼眶。藕汤对于那些从小喝到大的人，无疑还是一份浓浓的亲情与乡愁，总会帮你驱散严冬的孤寂与异乡的焦虑。我的朋友，你也一样，哪怕你在天涯海角。

2019年12月7日

沪上有奇味

小时候喜吃的东西，往往终身都会想那一口。那一口滋味，差不多等于乡愁。

每到盛夏，火炉捂汗——武汉人的自我戏称：捂汗。人很容易上火，我小时候经常嗓子疼、眼睛赤、头生疖、发高烧。母亲西医，发现我病了，就打青霉素。外公中医，讲究食疗，讲究预防上火，讲究随节气调饮食。时节一进三伏，停鸡汤，上冬瓜汤。停红烧肉，上凉拌藕片，上清炒苦瓜。停大油大荤，上干烧小鲷子鱼。幸而我父母特别忙，我主要养在外公家，这就让我极大地获得了美食享受而少用了许多抗生素，还从小养成了美食爱好。每当武汉酷暑实在难熬，小孩子吃睡都成问题，外公就说，还是下上海吧。外公很自豪：他的儿子在上海。他读书经常跳级的儿子 16 岁就考取了上海复旦大学。他的儿子大学时代被好几个姑娘热烈追求，毕业后他的儿子替他选择了一个上海姑娘。他的儿子在上海安家落户生儿育女，上海还是不错的——我的外公大咧咧牛哄哄评价说：上海么，不就叫申城么，从前好歹也是我们楚国春申君的封地，饮食习惯差不多的。

于是暑假，我就背起书包下上海了。汉口上船，两夜三天，上海那边，舅舅十六铺码头接人。上海凉爽得多，出海口嘛，总有海风灌进来。最好的是，上海还有一味绝品凉菜，叫做熏拉丝。熏拉丝清火败毒又是上等精肉营养丰富，小孩子特别受用。

家里阿婆已经整好一桌饭菜。当然特意买来熏拉丝，当然一定是购于淮海路襄阳南路的二食烧腊部。阿婆总归要把熏拉丝最好的部位，大腿，掰下来，给我吃，说是吃棒棒肉。棒棒肉直接拿手吃最方便，牙齿轻轻一咬，就是一粒腱子肉，弹性极好，奇香浓郁，无脂无腻，滋味透骨。最后那根腿骨，火柴棍一般轻巧，也不舍得马上丢掉，要搁嘴里再三品咂，只因熏拉丝是不给小孩子多吃的。熏拉丝有毒，属大寒之物，只能适量。这种节制又细腻的吃法、神秘又玄妙的涉毒感、非同寻常的开胃生津，都是严重诱惑。从此我欲罢不能，越吃越香，越吃越生出探秘的欲望。

多年里，我探访过熏拉丝产地朱家角和青浦，也多次与上海作家交流，其中朱小如夫妇都是熏拉丝铁粉，好感谢他们多次赠菜。既是上海传统小吃，那么究竟是何时何地何人传起来的呢？又是何年何月何人统了大众喜好的呢？资料查不到。谁也说不清。更有上海人，完全不知熏拉丝。熏拉丝好比世外奇葩，与俗世之间，只是爱情，有缘千里来相会，无缘对面不相逢。也曾巧遇一知音，周令飞，鲁迅的孙子，在青浦，一个影视创作会议。当我们缓缓步入宴会大厅，发现凉菜中赫然陈列本地特产熏拉丝，周令飞眼睛亮了，我也眼睛亮了。只见周令飞吃得沉醉欢喜，而北方人陈凯歌、刘恒之类，就不为所动。

我更任性的是，写长篇小说《所以》，有那么几年，索性住在上海写。一边写作一边吃熏拉丝，乐得一年四季都有的吃。当然也还是谨守家教：绝不贪食。直至吃到上海明令禁售熏拉丝。大约是在 2007 年左右吧，二食烧腊部的熏拉丝，彻底没了。询问，人也不知。再四处打听，据说是保护动物。

不久我也就回到了武汉。肯定不能夸张到说进退上海都是因为熏拉丝，但也不能说完全没有熏拉丝的因素。世界这么大，可是熏拉丝这道凉菜，的确只上海有，别处真没见过。再说小时候喜吃的东西，往往终身都会想那一口。那一口滋味，差不多等于乡愁。

不错，熏拉丝就是癞蛤蟆。学名蟾蜍，有毒。毒液叫蟾酥，是名贵中药材，去火解毒有特效，是很多中成药的主要成分，例如六神丸。只是遗憾：上海的蟾蜍，被命名为中华大蟾蜍以后，就变成了重点保护的野生动物。人工养殖又不难，上海周边郊区，都卖熏拉丝。做工与卖相，却与上海二食烧腊部的完全两样。满盘大海椒，麻辣重口味，食材爹胳膊爹腿十分粗放，美其名曰农家乐野味，把个上海凉菜中规中矩的风格，丢到了九霄云外。生意竟然很不错，人们驾路虎，挎LV，粉妆玉琢或脑满肠肥，边吃边拍且直播，真相就这样被模糊了：原本传统熏拉丝，尤其精致，去皮去毒是非常专业的，食材成型是至关重要的，胳膊腿盘起来是必须的，佐料只是用于腌制的，摆盘是从来不上台面的。据说熏拉丝从腌制到烧熟到熏干，汤汁慢慢收干到含而不露，要花很长时间。一只只盘成椭圆形的熏拉丝，线条柔美，清清爽爽，瓷碟摆盘，一色儿温暖烟熏色，那是怎样的品相与美感呢！随着时代进步，难道不应该是更美更好的吗？时代似乎在告诉我：生意好就是一切好。

那天青浦的会议散会后我才想到，我竟忘了问问周令飞，这味菜，鲁迅爱否？当时还嘱咐自己记住：下一次问问周令飞。没料到，近年来，想问的念头，渐渐淡了，觉得世上许多疑惑，还是存疑的好。假设鲁迅也爱熏拉丝，那又如何？对于今天的我辈，可资安慰？不可。所以，让某些心思，随着往事，美成烟花吧。

2017年7月8日

小菜的小　虽小却好

一些有情有义的精致的好东西，你就是会眼睁睁地，看着它消失，消失在你指尖的尽头。

小菜就是小，以小著称，以小博大。酒席上，山珍海味大肉大鱼吃过了，有点撑，有点腻，不巴适，不满足，渴望有点什么助消化，那就上一点小菜吧。

三五块臭腐乳，臭到发黑那种，每块麻将大小，盛一只小碟子，器皿小，气场大，一路香臭扑鼻。筷子头夹上一点点，舌尖上抿抿，拌饭小口咽下去，只一会儿，饱胀的胃，便豁然松动。化腐朽为神奇，臭腐乳最是厉害的了。

其他种种小菜，都有助消化功能，也都被统称为下饭菜，那是因为所有小菜，都有一个发酵过程。这个神奇过程让蔬菜充满了酵母菌以及各种益生菌，无论酱菜还是腌菜还是泡菜。萝卜干是这样，酸豇豆是这样，榨菜是这样，酱瓜子是这样，泡酸菜还是这样。只是叶子菜稍有不同，老咸菜和雪里蕻之类，因草酸含量高，容易产生亚硝酸盐，把握不好会中毒，吃多了易上火。可是人们就是欲罢不能，一盘雪里蕻炒肉末端上桌，谁舍得放弃？不过小菜嘛，你得顾名思义，只是吃它一点点。不任性就不会画蛇添足，见好就收往往点石成金。

小菜名目繁多，品种数不胜数，地域出产与气候不同，小菜又有各自的特色。武汉的萝卜干，就有几十种。常见有萝卜丝、萝卜丁、萝卜条、萝卜头、萝卜皮、蓑衣萝卜。把小菜做到绝色的，也不是什么稀奇事，九蒸九晒的全相萝卜干，就是一例。小菜的可贵，也并不在于出身卑微却长相绝色，在于它们形形色色却都能够抱定一个宗旨：量小、低调、点染、辅佐、绝不张扬。然而，无疑，小菜实在是非常重要。它绝对是我们饭食佐餐的当家花旦。我们穷日子下饭，全靠它。我们富日子鸡鸭鱼肉，少不得它。缺了它，还真容易不消化，还真会吃坏肚子，还真对身体各项健康指标大大不利。懂吃的人，绝不只是大吃大喝，大吃大喝猪都会。懂吃的人是懂吃小菜，是深谙一场盛宴的压轴戏——小菜，应该选择哪一种以及让它恰逢其时地登场。

小菜就是这样，小处不可随便。

小菜就是这样，虽小却好。

好是好，可是小菜制作难度极大。千万别以为腌菜就是蔬菜上头撒一把盐。能够做出上好小菜的人，得有一双巧手，还得有一双慧眼，什么天气才是好天气，什么日头才是好日头，什么风才是好风，都得懂。偌大的汉口，也就那么几个能工巧匠，在腌菜的江湖，名头响得很，名字一提，谁都知道。其他一般群众，腌菜易烂，时好时坏，事实面前，都不敢自夸，只敢自己打手，笑骂：臭手！

我说的不是工业小菜，是手工小菜。相对十分讲究、精耕细作、充满个性的手工小菜，工业小菜的大批量生产极其简单粗放：原料成吨，好坏不分，一律机器切碎，脱水干燥，添加甜蜜素、安赛蜜、柠檬酸、乙二胺四乙酸二钠、D- 异抗坏血酸钠、苯甲酸钠等等一大堆化学制剂，低成本高售价保鲜多年。工业小菜应运而生，挤满货架，而手工小菜注定了时运不佳。我想吃的那种臭腐乳，至少得提前半年找陈老师预订。不到 60 岁的陈老师早就在哀叹自己老了，后来果然一病不起，人很快就走了，一手绝活，后继无人。原来人类社会的竞争原则也并不总是优胜劣汰。无论人，也无论小菜。

一茬茬新人起来，从小出入超市，味觉已经习惯工业化，且一个个正处于青春自信狂妄阶段，哪里能够理会前辈的意思。这就是现实。这就只剩下了我辈几个小众的暗自绝望和顽强坚守。在生活的无情面前，最好是自己及早明白：一些有情有义的精致的好东西，你就是会眼睁睁地，看着它消失，消失在你指尖的尽头。有点惆怅吧？那倒不错，至少还有惆怅，还没变得麻木不仁。

2020 年 7 月 1 日

红艳艳辣椒挂起来

一旦专注，一个人的地久天长就悄悄地过来了，心平气和的滋味，也就真真切切体会到了。

久雨初晴，情绪振作，觉得许多事情要做。

人有许多事要做吗？我相信这是一个错觉。

房价究竟跌不跌？股市究竟涨不涨？数字货币究竟是趋势还是圈套？这个会议是否要参加？那个活动是否要出席？突然又有任务让你加班你加不加？每天你百度不百度？网购不网购？大到房子交易，小到叫个外卖，统统都是非常严肃的问题。只因你有子孙，你就得当房奴一辈子。只因你饿了又没时间，就不得不叫个外卖。只因要叫外卖，你就不得不百度一下，否则你怎么知道现在哪家餐馆不错？尽管不错与知名度往往不成正比，难道如今你还有什么别的办法甄别？

社会流行文化，架子越搭越豪华虚浮，现场越来越高分贝、强激光、红地毯，越来越多知名主持人和大师辈出的嘉宾，或许你正在参加活动，或许你只是闲步公园大街，你都无可躲闪地被侵入和被灌漫。

如今新形式辈出，每一种新形式都有新套路。每一种新套路都有一种新拳脚。一天到晚，拳打脚踢，俗务简直忙不完。我也曾白纸黑字，发誓“一生只做一件事”，修身养性的雄心壮志总是有的，然而仰望星空过后，还是烦恼人生一地鸡毛。

其实呢，最后结果总归是白忙：人生还是譬如朝露。太阳底下还是无新事。任何新技术还是后浪推前浪，飞快陈旧与淘汰，浪浪如此，概莫能外，最古老问题到底是先有鸡还是先有蛋，依然还是无法解释的生命奥秘。

人只有真正静下来，心才可以听到外界响动：脚下噼啪有声，是踩到了香樟树落籽，黑黑圆圆的小珠珠碎了，一缕樟香蹿动，沁人心脾。秋风拂面，带来清爽又冷峻的换季消息。几只早飞的大雁，结伴而行，坚定而明确地朝向南方。万物都单纯，真的是一生只做一件事。相形之下，对于自己的忙碌，就生发出了几分不屑几分羞惭。

在深秋遇上一个难得好晴天，我拍了拍脑袋拍掉其他所有事，无思无想，布衣球鞋，穿过秋色中的花草树木，去农贸集市买了两斤新上市的红尖椒。

回家手机静音丢一边，取出针线盒，一只小板凳，坐进露台的金色阳光里，选择了颜色匹配的红线线，一只一只穿起来，穿着穿着，就把一种慢节奏穿进了自己肉体与灵魂：你一旦专注，一个人的地久天长就悄悄地过来了，心平气和的滋味，也就真真切切体会到了。

还有什么比心平气和更怡人的呢？此时此刻，你自己的灵魂就是你肉体的伴侣，这一个圆满，该有多么圆润。活在宏大叙事的世道里，一个人得学会自己宠自己。现在好吃好喝已经算不得宠，能够颐养出一份好心态才算宠。

辣椒穿好了，结成一串，天然的辣椒红，天然的辣椒香，咱就把这红艳艳的辣椒，挂在了露台上。退一步，望一望，果然钢筋水泥灰色清冷的公寓，就被点染出几分喜气几分生机，心里舒服得就像喝了汤。

我已经连续好几年，在深秋季节挂上一串红艳艳的尖辣椒。这串渐渐晒干的辣椒，同时还高度具备实用价值。我不吃辣，但偶尔想要炝个锅。清炒油麦菜吃多了，谁不想尝一次重口味？还有回锅牛肉，还有干锅鸡。偶尔，辣一辣，鼻头冒冒汗，刺激一刺激，也是生命小高潮。那么，只需走到露台，摘一只干红椒，剪成丝丝，炝炝锅，你要的，就有了。

更微妙的是，在许多时候，你只需要半只或三分之一辣椒呢，放心，一切都在自己掌握之中。

“一切都在自己掌握之中”——这种感觉真好！

像我这种比较孱弱的人，平时几乎都是万事不由己的，所以即便仅仅只是掌握一串红辣椒，那也意味深长，那也算得一份小小的励志。

2020年10月26日

荤菜素做　素菜荤做

对自己，要真爱。一餐一饮，健康至上，吃随便，也切切把好食材关，关键是你可懂真爱？

做菜正如做人。当你有了一身膘，那你最好注意一点，恭敬、谦卑和低调是你最佳生活态度，一个胖子，还自我张扬、颐指气使、手舞足蹈、飞扬跋扈，这个样子到底好看不好看？顺眼不顺眼？就算谁都不过脑子不走心，你的油腻与过分，也是大众最基本印象分。我比喻的是做菜，也是比喻所谓事业有成、志得意满的人，是那些膏肥脂厚的大肉大鱼，偏偏还用土豪金餐具堆砌。

我真心不歧视胖子。现实众生，无论高矮胖瘦，存在即合理。我自己也曾胖过。明天我还有可能胖。谁的人生都不可能一帆风顺。平地也会起风雷。阴沟里还会翻船。脚再小也有比脚更小的鞋。我们人人都有可能曲折坎坷起起落落，太复杂了，欲说还休，那都只能用一声叹息，都根本不用这里写的了。

吃吧吃吧，写菜。

近日我成功做了一盘粉蒸肉，颇有感慨。是年底将近，寒风冷雨袭来，疫情又绵延不去，今年一年以来，饮食方面，没有什么心思去精耕细作，总是尽量吃简单，总是尽量不去人多的超市。这一天忽然凄凉，与好友感叹："日子白过了！"好友十分怀旧地说："唉，想吃一次粉蒸肉。"顿时，我柔肠百转，深感亏负人生，遂拍案而起：做！

说做就做。做，那就还是要做正宗沔阳三蒸。我预订了本市最好品牌的带皮五花肉，选购了沔阳粉蒸肉的香米粉和红曲腐乳汁。肉品到手，喜出望外：一般五花肉，肥瘦相间有三层，传说中极品五花肉一共有十层，但一直也只是一个传说，而我这一次，到手居然是五层的五花肉，相比外面价格，贵到不要不要的，也挥挥手豪迈地认了。底菜我就更加精心了，选用了洁白细腻的本地小芋头。蒸菜的餐具，也就不可粗心大意了，我选用了朴实无华的隆昌骨瓷。笼蒸两小时，一只托盘端上桌，一大盘流光溢彩的粉蒸肉，鲜亮耀眼的醉枣色，搭配稳重的骨色餐盘，显出妥妥的恭敬与谦卑，怎么看怎么和谐，怎么看怎么养眼，又怎么看怎么低调奢华。

素菜盘呢，我偏偏采用精致的景德镇青花，或是阔气的景德镇金边。当你是白菜萝卜，当你一身素净淡雅，当你清贫，当你普通，你就应该鞍马整齐，不卑不亢，志气满满。我的小青菜，是要配平菇的；我的胡萝卜，是要配黑木耳的；白萝卜则会配上等海米；上汤菠菜的配料是瘦肉碎、皮蛋、草菇，再有高汤更完美。这就是我的素菜，搭配尽用山珍海味，道道菜也都是相得益彰，这也好比做人了。素菜当然也经常清炒，与蒜茸搭配，这是另一种风格，清爽与干净是第一要义，这也好比做人了：做人做到一清二白，大不易！

于是乎我想说，做人又正如做菜。

如果平日因为种种原因，没有时间做菜，只是混个肚饱，那也可以是普通随便的家常菜。家常菜经常就是炒杂烩、煮烂炖，往米饭上一扣，叫盖浇饭；往面条上一扣，叫盖浇面，这叫吃随便。“吃随便”的境界是粗放与潇洒，在家别装蒜，别放不下仪式感摆拍感，就算你高官厚禄腰缠万贯，就算你拥有N套爱马仕，你也就只是需要优衣库而已：全棉、宽大、轻松。管它杂烩、烂炖或清炒，吃嘛嘛香。原则只有一条：对自己，要真爱。一餐一饮，健康至上，吃随便，也切切把好食材关，关键是你可懂真爱？

我喜欢做菜，喜欢琢磨烹饪，喜欢表象与内容由此及彼、由彼及此；海阔天空，尽情遐想。我还奢望自己能够时常收获烹饪新经验，刺激大脑皮层，活跃自由思想，创造出新菜品。这是做菜，这也是做人，这还是自己安身立命的一份劳作。

2020年11月23日

此时真的是离胜利最近，
但却是最艰难的时候，保重，
也许我们有时没让什么事情变好，
但我们起码努力没让它变坏。

第二辑

真正爱就是这么普通平常与苦涩

新年预感：先照顾好自己，亲

真正爱就是这么普通平常与苦涩，也就是这么超高难度，需要刻意修炼才能抵达。

亲是谁？谁是亲？最初网络上出现这种称呼，我第一感觉不能接受，随便叫亲，太狎昵了。可网络不管什么狎昵不狎昵，热词兴起，瞬间扫荡三百六十行，不管你是否接受，微信发来，纷纷叫你“亲”：书店银行面包店理发店药店化妆品店乃至陌生广告，你只有无奈了。好在虱子多了不痒，慢慢也就习惯。不料再慢慢，却对亲有了新感觉：首先，亲简便，就一个字，再也不用揣度对方是叫爷爷奶奶叔叔阿姨呢，还是叫大哥大姐师傅同志，一言以蔽之；亲，倒也省事。再者，从前我们不用敬语，见面只问吃了没？现在“亲”应运而生，冒出来尽管突兀，毕竟“亲”字慈眉善目，权当一个敬语尊称，必要时也可戏谑调侃，轻轻松松，指代了所有人。

那么听着，亲，现在我有心里话，正是要说给所有人，从血缘至亲的家人到非血缘的朋友，在2020年的新春伊始，我要郑重向大家说："先照顾好自己，亲！"

过去一年，我在病中度过。其中有一次是意外滑倒，严重摔伤。多年来，原本以为，自己固然体弱，但不算多病。哪里料到，不祥预感就这样，暗影一般，慢慢偷袭过来，突然有一天，就病来如山倒了。倒了就是倒了，容不得半点侥幸心理，也与你意志是否坚强无关。肉体就是肉体，是纯粹的物质，物质一旦开始瓦解，你顿时无助如婴儿。有几个月，我日常起居能力受阻，全靠医护人员和亲朋好友日夜照料。照料我的亲们，点点滴滴事无巨细辛苦劳累这且不说，仅说睡眠，就几个月没能睡上整夜的觉，让我看着就心疼，看着就提心吊胆，生怕累病了亲们。尽管亲们都说没关系没关系，但是，怎么可能没有关系呢？亲们越是这样奉献自我，作为病人的我，就越是万分不安。病人固然需要照顾，但是如果这份照顾让健康人投入太多体力和精力，以至于累病健康人，一人的生病导致更多人生病，这实在是不合理的逻辑和不应该的事情。这是我有生以来第一次，反复思考关于病人的照料问题。

在思考中，哈内克的电影《爱》，再一次清晰展现在我眼前。《爱》是一对老夫妇，相亲相爱到了白头，想不到老妻突发老年痴呆，患了阿尔茨海默病。老汉对老妻，一直不离不弃，每天精心照顾。然而，旷日持久的照料，长年累月吃不好睡不好，长期紧张烦恼焦虑，最终导致了老汉精神崩溃。老汉再也无法眼睁睁看着老妻每天受罪，再也无法忍受自己受罪的生活，最后用枕头闷死了老妻，自己奔出家门，不知所终。一场美满婚姻的最终结局令人唏嘘，皆因疾病。细节！哈内克的大量细节之残忍，让我不忍直视，可是我知道，这就是真相。较之几年前，我初看这部电影的巨大震撼，现在病中的我，更有了切身体会。切身体会则给了我更多理性，是时候，我们应该正视，对病人的照顾如何才能够不累及亲们的身体健康。

《爱》讲述的是典型的“配偶综合征”，是现在欧美医疗界颇为关注的医疗课题。有专家认为：对于失去生活自主能力的病人，应该进行连锁式医疗，即连病人带照料病人的家属，一并纳入医治范围，或许这才能够挽救健康人不被病人累垮。这当然是最理想的方式，可惜到现在为止，也只是一个理想而已。在我国，尤其那些需要长期照料与时刻看护的病人，就算请了护工，家人的负担有多么繁重，焦虑是多么深重，而被照料的病人，内心又是怎样的矛盾纠结与自责，但凡亲身经历者，其中百般艰辛五味杂陈，岂是语言能够描述？！

所以我要说：“先照顾好自己，亲！”

首先是心理上的开通与豁达：疾病是一桩横祸，它是不讲道理的——亲们一定得看透这一点，看不透也强迫自己看透：因为这就是人生！

人生世事难料，生命无常，疾病或许会慢慢地来，或许会突然爆发，谁都有可能是病人，也谁都有可能是照顾病人的人。因此亲们不要由着感情不顾一切日夜陪护，更不要担心别人怎么看你，更不要怕人指责没良心、不孝顺和不尽义务，更不要在乎其他任何道德绑架，该照顾的时候照顾，同时该吃的时候去吃，该睡的时候去睡，千万不要过度透支自己体力。亲们务必牢记：只有你是健康的，你才有可能持续照料生病的亲人。疾病当头，无论病人还是照顾病人的健康人，我们都要尽力争取能吃能睡达观硬朗，说到底，这才是真正爱。真正爱就是这么普通平常与苦涩，也就是这么超高难度，需要刻意修炼才能抵达。

2020 年 1 月 17 日

隔离时期的爱与情

爱与情，都是好东西，然而绝对不可以滥用。

2020年1月22号夜，武汉三镇，这夜注定无人入睡，或者，很难入睡。

这是一个非常的夜晚，在将近23点的时候，单位突然来电话，紧急通知：从明天起，武汉市民实施隔离。也就是说，武汉市民们都将以自己家庭为空间单位，隔离在此，度过隔离期十四天，也就是新冠病毒的最长潜伏期，以确定自己是否染病，也可以由此暴露和甄别出其他染病者。

终于！终于！终于实施隔离了！

疫情暴发以来，我一直紧紧揪着的心，终于放松了许多。流行病防治的基本以及根本要义，就是“四早”——曾经是流行病防治医生的我，上大学时候，就把“四早”背得滚瓜烂熟。其中“早隔离”，对于阻断烈性传染病，至关重要。尽管当代科技发达，传统方式早隔离也还是迄今为止最有效的。道理很简单，也很通俗：这次暴发的新冠病毒，就是要“吃人”，人就得躲起来，不给它“吃”！它利用人传人，人们就单独隔离，不让它利用！唯有最大可能地进行严格阻断，病毒才有可能失去传播链条，直至失活。

封城开始了并且过去了一天三天六天十一天，随着隔离时间的推移，我的心再一次揪紧。或许是我的专业帮助了我，让我能够很快理解什么叫作隔离，并且严格做好自己的隔离，立即将家中食品蔬菜分为十四天的等分，每天少吃一点，吃得尽量简单一点，争取不要因为买菜而必须外出。道理也很简单和通俗，如果一个人心存侥幸，觉得自己偶然出去一趟，买个菜总没有关系，那么每个人都会这么想。这个巨大的城市，巨大的人群，在隔离期间，都偶然出去买菜，那么更加广泛的再次传播又可能开始，封城将会前功尽弃。更可怕的是，人们一边自我破坏着隔离，还一边以爱的名义、情的借口，大肆地泛滥爱与情。一时间，无数人，通过微信、抖音、微博，发表无数条煽情文字：超市还在卖菜，是大爱无疆；小贩出摊卖菜，也是生活情义；为了全家自己外出卖菜，正是无畏无私的大爱。更多无知无畏的糊涂勇者，除了跟帖，还出去买菜。有的人，正是出去买了一次菜，受到了感染，一个人又传染好多人。今天的数据明摆着，已经封城十一天了，疫情还在蔓延！目睹这样许多向大众示爱的表情与表现，自以为聪明到连隔离都没搞懂的人，在网络上舞文弄墨热烈煽情，我只有满目凄凉哭无泪，月光如水照缁衣。

爱与情，都是好东西，然而绝对不可以滥用。尤其此时此刻，一种烈性传染病正在暴发，新冠病毒凶猛如虎，多少生命已经猝不及防地被吞噬，人啊人，醒醒吧！为了你自己和家人的生命安全，也是为了我们整个族群的生存安全，能不能够闭上嘴管住腿呢？能不能少一点兴奋且乐于道听途说、渲染兴奋，而多做一点有利防疫的具体事情呢？比如联系社区街道和物业公司，集体购买蔬菜，消毒车直接送货到小区，等人车撤离后，再各家轮流单独去取，扫码支付就成。严密消毒防护、人不见人地无接触购买食品蔬菜，只要大家努力配合，还是可以做得到的。隔离就是战争！战争必须让愚蠢无知廉价的爱与情走开！唯有将严格隔离坚持到底，人类才有可能赢得胜利！

2020 年 2 月 2 日

对不起，添麻烦了！

我的勇气与底气，并不是自己有多么坚强，而是来自于亲朋好友无私的帮助、整个人类社会无私的支持。

第一个隔离期十四天到了，武汉疫情依然居高不下。现实冷酷残忍，理论也是灰色的：说好十四天最长潜伏期呢？！看来这种新型传染病我们并没有搞懂它。看来我们仅凭以前的传染病防治经验是不够的。看来我们再也不可以存一丝一毫幻想。面对新冠病毒狂暴猛烈且神出鬼没的传播，我们只能继续隔离！实施铁的隔离！人与人绝对无接触的隔离，应该是当务之急重中之重了。然而，家里食物没有了。

人要吃饭，这也是一个硬道理。必须去超市购物了，可是，必须不去超市！如果每户人家每三天出去一个人超市采购，那么，这个人口数以千万计的大城市，又该有多少人聚集在超市？简直不敢想象超市人群冒出哪怕一个无症状感染者！疫情将会发展到什么程度？身在重疫区，真正揪心的，就是这一点。连日来，我已经呼吁到声嘶力竭，借助全国各种新媒体以及纸媒发声，用手机微信和短信息发给相关领导以及直接给防控指挥部以及市长打电话。然而！人们都表示理解，呼吁却依然石沉大海，食物套餐式配给制的无接触配送，还是难以实现。从一个又一个视频里看见超市里人潮涌动，人们摩肩接踵， 还不时发生争抢打架互相扯掉口罩的悲剧，我唯有仰天长叹。

我家一样，十四天的份额食物已经吃完。但是无论如何，我必须做好自己！我家坚决不去超市拥挤！不过说实话，如果家里彻底弹尽粮绝，我也怀疑自己是否还能坚守自我隔离。

我的勇气与底气，并不是自己有多么坚强，而是来自亲朋好友无私的帮助、整个人类社会无私的支持。当我家食品蔬菜即将告罄，国内外亲朋好友在第一时间，没日没夜，不休不眠，广泛搜罗，不断发来各种食品蔬菜的网购资讯链接信息。还有平时只见虚构微信名、互相之间并不认识的小区业主群，也纷纷发出各种各样的采购网址。更有素无往来的邻居，主动发来拼单二维码，以便采购足量，获得商家的尽快配送。邻居中更有积极赞同我的严格隔离观点的，立刻付出实际行动，动用个人资源，到处联络蔬菜公司，替我们配好蔬菜套餐，做到了无接触采购。当我们领取了蔬菜套餐，我们大家都笑了，随即我们互相鼓励和打气：再坚持个十四天没问题！就是这样普通的一句话，就是那些枯燥的网址、APP，在这个非常时刻，竟然闪闪发光，温暖感人，让我瞬间泪目。

武汉暴发的疫情，牵动了所有人的心，多年无音讯的新老朋友，该来的都来了：有人紧急快递口罩药品，有人每个白天都问安，每个夜晚都送平安灯，有人时不时发来音乐和笑话，生怕我们宅家太闷。我当然知道，其实大家所在城市，也都面临疫病威胁，每一个人自身，也都有一定危险，但大家就是这样，时时刻刻陪伴和帮助我们；什么叫作相呴相濡？我有生以来第一次，体会到了。更有国内出版社，紧急约稿紧急开工，第一时间出版我的《霍乱之乱》；喜马拉雅在第一时间制作有声书。国外出版界，那些老外翻译家们，以前除了出版翻译业务，都是君子之交淡如水，现在也都来了，电邮不断，几天就要问个安好送个祝福；什么叫作袍泽之谊？也是我有生以来第一次，体会到了。

更有全国各省市医疗队与部队医疗队，一拨又一拨驰援武汉，说他们在湖北、在武汉吃尽了千般苦，受尽了万般累，一点都不为过，这可不是儿戏，绝对是出生入死的啊！昨夜有视频，有些医疗队抵达机场后，对接迟迟不到位，一个个现场视频顿时在我手机里翻飞，这个时刻，不仅仅是我，感到万分抱歉和羞惭，就连我们两百多人的业主群，大家也都急得要命，都纷纷道歉，连连自责，为我们自己和我们的城市深感内疚，恨我们自己骂我们自己没能接待好这些最了不起的人。现在，我要与我并不熟悉的业主群一起，对大家、对所有人、对天对地，说一句：对不起，添麻烦了——这是我们一个九十度的鞠躬，一个永久的恭敬，一个深深的谢罪：对不起，给大家添麻烦了！

大难当头，我们每一个人，都应该对自己下一个罪己诏。苍天明鉴：我们是知错的，我们是谦卑的，我们是恭敬的，我们是悔改的。

对不起，我的亲朋好友、街坊邻居，给大家添麻烦了！

对不起，配送公司和快递小哥以及恪尽职守的物业人员，给大家添麻烦了！

对不起，全国乃至全世界惦记与帮助我的人们，给大家添麻烦了！

于是我应该有的最基本的感恩，就是坚守在家，坚守隔离。

于是我要把平日忽略的沉默与坚韧唤醒，在沉默与坚韧中，隔离自己，帮助他人——我们愚蠢而盲目的喧嚣与傲慢，是太久太久了，对不起！

2020年2月11日

第 28 天隔离了，这个时刻！

我们能做一件事，就做一件事；能帮一个人，就帮一个人，底线是我们首先做好自己。

这个时刻，天正暗下来，黄昏将近，我站在窗前，朝侧面的楼栋微笑。我之所以持续保持微笑，是怕出事。侧面楼栋一户人家的窗前，一位老人，打开玻璃窗，对着户外颤抖哀号：“么时候才是个头哇——么时候才是个头哇——”我听见了。我立刻冲到窗前，打开我家窗户，寻求老人目光，向他摆手摇手，“喂——爹爹”我使出最温和安详的嗓音，与他打招呼。由于角度关系，我无法判断他是否看见了我。我的微笑就努力持续着，持续着，直至他终于朝我这边转过脸。然后老人停止了，关上窗户进屋了。可我还是不放心，赶紧给物业公司打了紧急求助电话，请他们务必上楼敲门，去查看一下，看看是否孤寡老人？问问是否发生了困难？如果老人有什么需要，只要我们家有。物业也非常尽职，答应马上就去。这一阵忙乎，夜色已黑。这个时刻，是隔离的第28天了。焦虑和急躁开始在人们心里蔓延，我们需要对付更多敌人，包括在自己心里逐渐扩大的阴影。

这个时刻，新冠病毒还在肆虐，而武汉，也终于出台了疫情暴发以来最为严格的隔离严控措施，所有干部职工下沉社区，收治病床在每天增加，医疗一线医务人员正在冒死救治病人。人与新冠病毒的搏斗，已经到了白热化程度；吞噬与反吞噬，进入胶着状态，这个时刻，不能有一丝一毫的松懈。然而，人们在家隔离已经第28天了，有人坐不住了，有人千方百计偷跑出去，有人吃不惯配送的简单蔬菜，想吃鲜鱼鲜肉和热腾腾的热干面了，还有人带着孩子出来遛弯，还说“怕么事吵，注意点就行了，关家里人都关苕了”。此情此景，说真的，太急人也太恨人了！事实非常清楚，如果不彻底阻断人传人，后果将不堪设想。我接受采访，与我熟悉的记者朋友开玩笑说：“这个时刻，对于这样一些还不知死活的人，如果是我，我的办法就是直接一拳打晕他，拖他回家，再丢一周吃食，封死大门”——这是玩笑。可这也不是玩笑——这个时刻，如果还有人不珍惜生命，同时还危害他人生命，就只能强制他珍惜自己。说是这么说，说说而已，我当然没有打晕任何人，而是恰恰相反，我在对一位陌生老人持续微笑，朝他摇手，希望能够安慰到他。

这个时刻，日常生活不再是常言所谓的日常生活了，直接就是保卫生命。这个时刻，当我们看见小女孩子的母亲被病毒夺去了生命，小女孩子追在后面哭嚎，这也不再是世间一般的生离死别，而是需要我们第一时间冲上去，搂过小孩子，为她戴上口罩，尽快哄住她的号啕大哭，以免病毒趁机潜入她敞开的咽喉与肺脏；这个时刻，我们都是小女孩的母亲，而不仅仅只是拍视频的看客。

这个时刻，唯有保卫生命是最高准则。因此我们能做一件事，就做一件事；能帮一个人，就帮一个人，底线是我们首先做好自己。这个时刻，真正到了我为人人、人人为我的时刻，我们得靠每个人点点滴滴的力量汇聚成人类的强大意志，把我们的生命夺回来！把人类的荣耀夺回来！我们死去的生命不可以白死！

这个时刻，心神稳定是我们的拯救，理性冷静是我们的力量，勇敢顽强是我们的必须，咬牙挺住是我们的本分。又一个黎明来临，拉开窗帘，东方既白，太阳照常升起，这个时刻，我们必须忍住悲伤，克服畏惧，去希望窗外的希望。

2020 年 2 月 19 日

五十分之一：典型的一天

这不是最好的一天。也不是最坏的一天，这是最典型的一天。

这不是最坏的一天，在五十多天的隔离里。

这不是最好的一天，在五十多天的隔离里。

五十多天往六十天奔了，哪一天解封？还是一个变数。医院还有上万确诊病例。可喜的是新增病例逐步减少。“新增”成为武汉市千万人的置顶词，每天睁开眼睛就要看到它。为什么？为什么？为什么是武汉？为什么是我？为什么突然冒出了一种新冠病毒？为什么全世界都开始了可怕的感染与流行？何止十万个为什么！

传染病已经超出了我们对传染和病的理解。生活已经超出了我们的生活经验。世界也已经超出了我们的世界观。蜗居于四面围墙小小斗室，四肢受限，大脑活跃，一不当心就会引发追问。可是，追问有意义吗？追问无意义。追问常常四面碰壁，纷纷落地，还是囿于自家斗室之中。处于巨大漩涡中间的一根稻草，除了被暗中那股强大力量支配得团团转，对于漩涡的深浅大小一无所知。究竟发生了什么事呢？这个病毒、这个小小的连活生物体都算不上、仅仅只是一枚蛋白质分子的片段，竟然如此强悍？为什么？难道人类就只能这样退避三舍、作茧自缚、束手就擒？深想不得！

如果说隔离封闭的五十多天难过，最难过的是在心里。

正如武汉许多人都发明了自己的抗疫神器，我的神器应该是最笨拙的：类似鸵鸟政策。既然网络传播的引擎优先特性，特别容易利用人们的天性——天生喜欢注意显著的事物、强烈的情绪、夸张的词语、耸听的危言、语惊四座的轻率结论，以骗取点击率与收割流量，那么，我高度节制刷屏。既然我对漫天信息的真假无法掌握，那么，我掌握自己的手指。我直接删除某些信息，选择点击某些信息。对所有信息我都先质疑再信任，三思后行，以免自己负反馈过强，一天到晚胆战心惊；也坚决不转发血淋淋的视觉惨状，以免贻害万方——人类是血肉之躯，大多数人是承受不起视觉以及听觉惨状的，负反馈会助纣为虐，对身体有着直接伤害和暗示性征服：让人感觉自己周围充满了新冠病毒，没病都觉得要病了。如果说隔离封闭的五十多天好难过，最难过的也在这里：每时每刻看手机都战战兢兢，紧紧张张地控制自己手指，许多信息，第一时间想赶紧分享出去，转念又觉得不可随意转发。我总希望自己能够爱护一个人就爱护一个人，可谁知道我这是不是一叶障目或者掩耳盗铃呢？一天之间，情绪起伏不定，心乱如麻。

这不是最好的一天。也不是最坏的一天，这是最典型的一天——

早晨：噩梦醒来是早晨。要愣怔好一会儿。梦的残片里，往往还有新冠病毒残害人类的种种黑色画面。我得摆脱它，祛除它。动起我的胳膊腿，动起来！活动起来！从涌泉到丹田，再往上到哑门到印堂，按摩穴位——我用中医保健，用西医治病。

然后：打开手机。刷手机颇有节制，但肯定要看。主要是全家老少亲朋好友都在这里。直接删除了不少信息以后的信息，还是足以令脑海万马奔腾，得再次愣怔好一会儿。喂喂，走起——我喊醒我自己，使劲拍手，就像从前我呼喊我的狗。

然后：团菜。团菜与网购。投入生活，忙起来！“团”字空前火，具有多功能：名词是蔬菜团、水果团、排骨团。动词是开团了，团到没？生活中有各种缺乏，就有各种的团。团了这个团，再团那个团。接龙。扫码。支付。发截图。核对。一遍又一遍。眼花缭乱。感谢饥饿！假如没有饿了要吃饭的超强动力，假如没有必须亲自动手才有得吃的被迫劳动，假如不是一日三餐占用了大量时间，有效转移了注意力和消耗了一些体力，漫长的居家隔离将会怎样熬过？感谢饿了要吃饭！

然后：前天团的蔬菜到了。一到就是一大袋，十几斤，五六种。面临巨大考验：冰箱就一只，空间就这么大，如何分层叠放，才能够全部塞进去？不同蔬菜如何不同打理与包装，才能经久耐吃？土豆有发芽迹象，不行！防微杜渐，挖掉芽芽，用火烤烤，保鲜膜单个包装，搁冰箱 7 摄氏度处。这一次，如果说已经学到了什么，就是切切实实明白了粮食的无比可贵。武汉城市功能已经停摆，不少蔬菜是其他各省的援助和捐献，是无数人的心血和心意，每一粒粮食都不可以浪费。浪费就心疼。浪费就是犯罪。

然后：消毒。用注射器准确配好 84 消毒液。室内进出口各处，室外公共楼梯间电梯间，一一喷洒消毒，尽管物业每天也进行了消毒，还是会周密地再次来过，亲自动手，方才放心。重点是卫生间与马桶。据说有粪口传染，但是一直未见化粪池与管道的排查，我只得排查自家，堵塞那些疑似没有沉水弯的直排地漏，脑子里总不免要想起 17 年前香港淘大花园传播 SARS 病毒的教训，总是不免要反复提醒自己：不怕一万只怕万一啊。

午后时光：是报平安与问平安的时刻。每天与父母通电话，与亲朋好友发微信，叮嘱一线医生朋友做好个人防护，请染病住院的朋友加油康复啊。还有远方的，还有国外的，还有那些平时都不大会紧密联系的，现在几乎每天问候，不见字不安心，虚拟空间，也不见不散。

然后：在夜色中静坐，远望空茫，心中冉冉升起祝福的默念——这些日子以来，不幸太多了，恶毒太多了，仇恨太多了，愚昧太多了，不信任太多了，争论太多了，乱七八糟不着四六太多了，因此也就发生了忍痛拉黑多年老友，各种各样形形色色信息的轰炸太多了，也就导致了不停爆粗口——我要求自己静下来静下来静下来——我要用我今天的全部存在去感知人类善意，送给你们；我要用我这一天的全部行为作为对苍天的祈求，送给你们：平安！请你们务必平安——@所有人——我的所有人！

夜晚：22点之前关掉手机。别过手机，隔绝掉手机蓝光。再听听音乐，再写写笔记，再看看书，努力入睡。希望不再有噩梦。但愿一切智慧与黎明同醒。

2020年3月15日

致地球 我想念你

我想念你，地球。我愿意再一次新生为孩子，懂得害怕，认真学习，保持童心的良善，踏踏实实成长为一个好人。

往年清明节，我都要买一些纸钱。等到太阳落山，夜幕四合，我就会下得楼来，寻觅一块露土的，也就是俗话说的接地气的地面，按照去世亲人的位数，画几个圆圈，焚几堆纸钱。一边拨火焚烧，一边合掌恭敬，喃喃低语，就当逝者在我面前，与他们唠唠家常话：“你在那边还好吗？缺不缺什么东西？钱够用不够用？”最后，总归是要虔敬祈祷，请祖祖辈辈的亲人们，在冥冥之中，护佑我们的孩子健康成长，护佑我们大家平平安安。守着渐渐熄灭的余烬，看着夜风阵阵吹来，旋走纸钱的灰烬，心里颇感宽慰与宁静，仿佛前世与今生，有着生生不息的默契与应答。这也就是当今居住城市的人，或因路途遥遥，或因墓址变迁，简化出的一套祭奠仪式，可谓极简了，却也算聊表心意。

今年清明节，因武汉封城尚未开禁，小区依然禁足严控，无处购买也无处焚烧纸钱了。尤为不同的是，从去冬开始到今年新春直至现在，新冠病毒每天都在掳掠生命。今年清明节，这仅仅一天的时间，简直无法盛下如此浩渺的悲伤和如此汹涌的泪水，今年是一个清明季了。在这个清明季里，我每天都在动笔，我要用文字来做一个清明祭，为我世世代代的祖先，为我在瘟疫中去世的友人，为那些成千上万中毒而亡的男女老少——武汉的、全国的乃至全世界的曾经鲜活的生命们，写上祭奠词：请一路走好！请主怀安息！

请死者安息，还要请生者保重。这里我写的“保重”，不是我们日常口语中的那句客套话，是真真正正的，实实在在的，世上所有生者们的，到了顽强坚守保重措施的紧要关头。疫情其实还在蔓延，灾难其实还在继续，生命其实还在丧失，当4月8日武汉的离汉通道解封之后，武汉居民社区其实还在继续严控。现在高频率使用一些简称：无症，复阳，密接，输入，反弹等等，已经足以说明我们不可以轻易言胜，不能够盲目乐观，不要心头一热，就轻举妄动，就跑出去找热干面吃，就跑出去游山玩水看朋友。更必须保重的，是我们的精神世界，是精神世界里头的精神境界。在这个意义上，白岩松说得真好。我冒昧地摘录一句岩松发给我的短信息，岩松当属最顽固不化的微信拒绝者，他现在依然坚持用手机写短信：

“……此时真的是离胜利最近，但却是最艰难的时候，保重，也许我们有时没让什么事情变好，但我们起码努力没让它变坏，所以……保重！”岩松讲得好，是因为岩松境界高。岩松的来信，总是让我受益匪浅。我之所以把这句私信公开，是真心希望更多的人，能够像我一样，受教于岩松。在我们自己以及全球人类受难的时刻，保持健康的精神境界，切记人类生命是同根连气的，是一损俱损的，切记不要因为我们的一个不慎，让坏事情变得更坏。这也就不枉我们还站立在地球上，不枉地球对我们的养育，不枉祖先前辈对我们子孙后代的好好做人的殷殷期望。

这场瘟疫到底会怎么样？我已不能多想。在这个清明季，我时常垂下头来，泪水滴落尘埃。我想念你，地球，人类祖祖辈辈化作黄土化作地球的地球啊，你这片神奇的土地，你鞭挞了我，那么就请接受我的悔过吧，那么就请承受并抚慰我的哀恸吧，那么就请接纳我的死亡并支持我的重生吧。我想念你，地球，请继续赐予我们沃土与粮食，鲜花与美酒，赐予我们愉快的劳动、工作以及欢笑。我愿意经由这一次巨大的灾难，时刻铭记锥心刺骨之痛。我愿意再一次新生为孩子，懂得害怕，认真学习，保持童心的良善，踏踏实实成长为一个好人，请再一次相信人类吧，地球。

2020 年 4 月 12 日

第二张脸

当历史能量强大到改变人类命运的时候，顺应大局、生存优先的考量与改变，则不失为个人意志的从善如流了，哪里还会计较自己个人的委屈。这一点，正是人类的伟大。

运动的目的都是同样的：强身健体；运动的方式却是千奇百怪：有人顺走，有人倒走，有人跳舞，有人做操，有人器械，有人肉搏，有人撞树，有人吼叫。十几年前，我开始户外慢跑，一路看到种种景象，禁不住暗暗发笑。现在我早已经不笑了。慢跑历史终于让我认识到：凡个人运动，适合自己的，就是最好的。

原来个人意志，竟是如此地不可勉强。

例如：在江滩健步的人群中，有两位男子很醒目。他们一年四季，无论风雨雪霜，都坚决赤裸上半身。江滩公园有游园规定，其中有一条就是不得赤膊游园。长期以来，这条规定似乎与两男全不相干。当公园有特殊任务，领导视察或是贵宾观光，保安就开着电瓶车，拦截两男，要求其穿上衣服文明游园。两男振振有词：“我不是游园，我是健身！我不是游客，我是市民！作为市民我有权使用公共健身步道，别处景点你请我去我都不去晓得不？长年累月的运动习惯，上半身挂一根纱都难受晓得不？！”“上半身挂一根纱都难受”的难题，好多年都无改观；围观者嗤嗤作笑，管理处束手无策。

然而！今年！在将近一百多天的居家隔离解禁以后，两男的矫健身姿，重现江滩步道，虽说上半身还是赤裸，但他们上半身的面部，都戴上了口罩，巨变啊！“上半身挂一根纱都难受”宣言，悄然改变。看来长年累月的运动习惯，看来人类自己没有办法的事情，完全可能被历史改变。

历史当然可以改变个人。具体情境全看历史能量的强弱。当历史能量强大到改变人类命运的时候，顺应大局、生存优先的考量与改变，则不失为个人意志的从善如流了，哪里还会计较自己个人的委屈。这一点，正是人类的伟大。

因此！任何事情发生，都不要急于下结论，不要急于判断，更不要急于发出自己的嘲笑，历史将会证明，过早的结论、判断与嘲笑，往往会把自己变成一个笑话。赤裸上半身却能够主动戴上口罩，看起来有点好笑，但这并不是一个笑话，这是一种不怕别人笑话的勇敢，这是一种顺应大局、生存优先的人类机智。武汉最初的疫情发生距今逼近 300 天，武汉人民依然注意戴口罩。口罩已经戴到变成了我们的第二张脸。哪天忘记戴口罩，一进电梯，劈头看见邻居清一色的口罩脸，就会连忙道歉，或赶紧退出，回家取口罩。以前出门，手机是生怕遗忘的，现在出门，口罩是生怕遗忘的。

而且！居然！当我们被历史改变的时候，我们还能够尽快地适应这种变化。慢慢地，我们还发现了口罩的好处：这第二张脸，逼我们学会用眼睛。从前我们人与人之间，眼睛惯于躲闪，现在比较学会了定睛相看。还由于第二张脸，我们面容的相似度大大提高，好几次我被陌生人认错，亲切地上来打招呼，我则亲切回答说认错了，两人一笑，双方暖心。口罩还有修饰脸型作用，很对大脸妹的时尚心思。等等。不赘。口罩最大好处是：今年除了新冠以外的呼吸系统疾病，都大幅度下降。其他疾病的死亡率，也在一路走低。勤劳的科学家，不断公布他们研究的阶段性结论：隔离政策下的有害气体排放，大幅度降低，人类健康获益颇多。聚集于城市上方的二氧化氮气团开始消散。环境噪音得到大大缓解。大自然生态在加速恢复。

心念一动，由此及彼，我们还可以获得更多思考：或许，我们个人的生活方式是可以改变的；或许，商业消费是可以减少的；或许，交通工具是可以受限的。如今新冠还在大流行过程中，历史还将继续呈现利弊得失。我们将继续用我们的第二张脸，静观其变，只是牢牢记住：凡事千万不要过早下结论。

“但愿人长久，千里共婵娟。”

2020 年 9 月 27 日

阅读的目的不为别的，
其实就是开启心智，
成熟情商，解除困惑，
享受生命。

第三辑

幸福其实是一种能力

幸福其实是一种能力

特里尔先生告诉我：幸福其实是一种能力。是的，今天，我同意。

一觉醒来，封城了，那是 1 月 23 号，偌大的武汉三镇、广袤的神州大地，哪都不能去了，居家禁足的日子，实际上长达一百多天。口罩还不敢摘除，防疫还不敢松懈，又一觉醒来，洪水来了，这是 7 月 11 号。一夜之间，江面排浪滚滚，已成悬河，江堤所有闸口，皆已层层沙包垒砌，筑成最后一道高高堤坝。暴雨和大雨，已经狂下四十多天。武汉人人都盯着水位，人人都在守望以及都在准备对付那不可知的最后时刻。

该去看看水了！

今年这日子，实在太沉重、太紧张、太严肃了，今天我决定反抗反抗：无论如何，都要看水去！

看水与戏水，原本是武汉人的传统娱乐节目。每年盛夏到来，长江进入汛期，江面涨满，波澜壮阔，旋流滚滚，蔚为壮观，武汉人扶老携幼来到江边，只为看水。很多人是要戏戏水的，或小心翼翼探足岸边浅滩，或大胆游泳激流勇进，甚至有人横渡长江。情侣们互相撩水，弄湿了对方就咯咯笑。小男孩子赤身裸体，奋力扑腾，在江水中学习游泳，有野野的兴奋感，是游泳池没有的。所以，寻常年份的寻常汛期，武汉人都会欢欢喜喜去看水。

今夏不寻常，水大。我去看水，连连碰壁。我沿着江滩公园，一个门一个门地奔，都是全封闭。我一直奔到龙王庙公园，前胸后背汗水湿透，就是无法进入江滩，就是无法接近长江。而且像我这样的人，还不在少数。渴望看水的人，聚了一群，与龙王庙保安搭讪，拉拢感情，“哎，都是武汉人嘛，放我们上去一哈子，就看一哈子。”保安立在楼梯口，一夫当关万夫莫开，大有发言人豪气，说：“有个么看头哕？连98年水平都冇达到，有个么看头！”

“滚滚长江东逝水”啊！“唯见长江天际流”啊！“浊酒一杯喜相逢”啊！“大江东去，浪淘尽，千古风流人物”啊！谁说没看头呢？尤其在这个不平凡的2020年啊！七嘴八舌中，我捡到一句耳朵，不知道谁说“听说武昌桥头堡可以看水”。

那么远！这么热！去不去？我稍做犹豫，把心一横：去！我打了个出租车，对司机说："去武昌桥头堡。"司机立刻说："看水哈。走对了！就那块可以看水！"天啦，一股幸福感，鲜明又生动地，柔软又温暖地，拥抱我身心。差一点，我就打退堂鼓了。差一点，我就沮丧地回去了。只差一点点。我拯救了自己。

武昌桥头堡的亲水平台，挤满了看水人，我是其中一个。终于，我眼前充满了长江水，是平日见不到的浩浩汤汤，大有横无际涯之感，好看！我耳边充满知了的纵情喧哗，它压过城市噪音，成为这场大洪水的高亢伴奏，好听！我汗水蒸腾，面红耳赤，咕咕喝下一整瓶凉白开，好喝！幸福呼之欲出，就在这些些许许的细节之中。

回头，我再一次地决定不畏辛苦，提前下车，穿过一家露天菜市场，只因这是夏瓜当季的三伏天。一只大西瓜被剖开，一只甜蜜丑瓜在削皮，一只八方瓜在去瓤子。我悉心嗅闻。简直都不用亲口去吃，所有瓜果的新鲜气息，就够我身心香甜。哪怕世道正在翻天覆地，哪怕热搜每天变换话题，作为凡身肉胎的我，最需要的，也还是不失时机接接地气。

琐细到不能够再琐细，宏大到不能再宏大，在骄阳似火的盛夏，从瓜果到洪水，要不畏艰难地，决定一些勇敢的决定，或许就能够，把一桩并不幸福的事物变得幸福。特里尔先生告诉我："幸福其实是一种能力。"是的，今天，我同意。

2020年年景不好，我告诫自己：要善于在最倒霉的时候，充分肯定自己的能力，这一定是自己对自己要做的事情。

2020年8月4日

慢慢来比较快

慢慢来，不止是比较快，不止是一种时间节奏，还不止是一种怡人的从容，更是一种往深刻里浸透的深邃。

网络性子急，带动一切急，时光更加飞飞快。就连天气预报，也前所未有的急切，三天两头预警，又是大风预警，又是寒潮预警；寒潮预警还分蓝色、黄、橙和红色预警。叫人心慌意乱，赶紧去买含绒量更高的羽绒服。随后发现其实没有那么冷，路边连冰碴都没有。真是活久见——这是又急又快又戳心的网络语言，当作感叹词用在这里，倒也不错。以前的冬季，又宽又长又缓缓。在一夜秋风凋碧树之后到耕牛遍地走之间，我们单知道西伯利亚寒流就要来了。下雪了。结冰了。我们都跃跃欲试，要在大大小小河塘的冰面上行走，小脸冻得紫红，鼻孔突突冒白气，不幸的是棉靴又湿透，回家得咬牙顶住大人的责骂，却冰面更想要去偷偷摸摸地玩，屋檐下长长的冰锥，也要被我们打下来吃吃。老人总是在晒太阳。家里总是在备年货。腊肉腊鱼总是上午挂出去黄昏收进屋。裁缝总是如期而至，来家里，一住几天，帮我们翻新和缝制过年的新衣。弹棉花的匠人，也总是如期而至，家家户户床上的垫盖棉絮，也就眼看着蓬松如新。卖酒曲子的，也总是如期而至，只因过年大家都需要曲子做米酒。远方的表哥表妹们，也总是如期而至，只因冬季是走亲戚的时节。以前的冬季，仿佛一切活动都有预约，不急不慌，该来的，都会来。而冬季热闹的人间活动，愈发衬托出天地的疏阔迂缓：草丛是稀疏的，树林是疏朗的，晨星是疏落的。就这样，慢慢地，眨眼间却到了除夕夜，守岁到转钟那一刻，外面鞭炮齐齐地响起来。这里如果要叹一句“活久见”，那意思应该就是：一个人活得更长一点更慢一点，能够见到的有趣事物就会更多一点更细一点。

人生确乎不宜太急。

意趣确乎急不来的。

大约是20世纪90年代初期吧，我曾居住在一个偏远的生活小区。有一天傍晚，我带孩子在楼下花园玩耍，看见一辆人力三轮车蹬进了小区。忽然，我发现，车上坐着的，竟然是作家王朔和刘震云，他俩正得意洋洋朝我笑，我完全惊呆了。不错，我们文联正在邀请全国著名作家参加一个文学笔会。可是怎么眨眼之间，这两位哥们就从北京来到了武汉并且来到了我家？作家就是有超人的想象力！原来，这哥俩在武昌南湖机场下飞机以后，异想天开，雇了一辆人力三轮车，从机场穿过武昌，再穿过长江大桥，再穿过汉口城区，再穿过空军王家墩机场，来到了汉口最西边的我家。一辆人力三轮，要蹬好几个小时，且三轮车夫仅凭一个人的力气，是蹬不过来的，这两位作家就与三轮车夫互换着蹬车，一段一段地，走走歇歇，嘻嘻哈哈，就这样，慢慢来，竟比较快，他俩成为率先抵达武汉的作家，且还有时间先来看望朋友。这份意外的惊喜，仿佛就在昨天。多少年过去，想忘都忘不了。这是怎样的意外与壮举呢？真是不要太有趣了！

似乎，往往，慢慢来的事物，倒是你人生那个比较快的结果，也常常是那个比较牢靠的结果。而慢慢来，还不只是比较快，还不只是一种时间节奏，还不只是一种怡人的从容，更是一种往深刻里浸透的深邃。这种浸透，能够触及到你的灵魂，能够在你灵魂里铭刻你的生物记忆，纵然外界总是刮着急急的流行风，也卷不走那个泰然自若的你，这叫活着。

2021 年 1 月 21 日

少想多活

文学的这一束独创之光，也就是文学独特的魅力所在，也正是作家殚精竭力的追求所在，也正是在非常时刻能够陪伴与安慰读者的精神力量之所在。

科学就是科学，铁面无情的定律，日历撕掉今年的最后一页，2020年再凶猛，也就过去了。只是，科学毕竟只是科学，所有生命体乃至蛋白质片段，却受神秘莫测的自然法则支配：显然，疫情还没有过去，人类依然被疫病的威胁笼罩。

爱因斯坦有这么一句话："每一个认真钻研科学的人都会相信，某些精神力量明显存在于宇宙的规律之中，比人类力量要优越得多。"这是爱因斯坦在1936年1月24日，回复小女生菲莉丝的信中所说。我深信小女生菲莉丝能够明白爱因斯坦的话，我却不尽然。

不过，尽管在理解上不那么自信，爱因斯坦的话，还是足以成为我在 2020 年及今后的精神向导。可不是吗？除了努力寻求更优越的精神力量，在突如其来的灾难面前，咱还能够怎样？

作为一个武汉人，咱还能够怎样？口罩都戴了三百六十五个日子还会继续戴。尽量宅家，尽量保持社交距离也都熬过了春夏秋冬还将继续熬。洗手消毒什么的，该做的都做了。出个门，只露一双机警小眼睛，就像受惊的兔子，一有风吹草动，立刻蹿回小窝，得经常有意识地提醒自己是英雄的城市啊是英雄的人民啊，得靠强大的精神力量来支撑。

相对来说，我还好。我还好的原因之一是：我原本学流行病出身。我的第一个大学专业，就是流行病。我的第一份职业，就是流行病传染病防治医生。由于并不陌生，就没有太多恐惧，第一时间知道狼来了，就赶紧朝大家呼喊，就一头忙到具体事务中去了：在各种媒体紧急呼吁，对本市防疫提出建议——被媒体朋友戏谑称为“池六条”。也反倒比往常更为勤奋地动起笔来。仅在《新民晚报》“夜光杯”专栏，就一连发了好几篇散文，这个系列散文除了在国内被广泛转载，也很快在法国、埃及被翻译传播。我还在《北京文学》重发旧作《霍乱之乱》，又新发中篇小说《封城禁足 99 天 脑子里闪过些什么》。我的写作都是一种积极渴求，我在寻求更健康更优越的精神力量。

我还好的再一个原因是：对于大众来说，封城隔离居家禁足是最难受的，而对于我，情况有所不同。民间戏称作家为“坐家”，宅家写作与阅读，正是我本行。我生来又拙于社交，喜独处静呆，闭门即是深山，读书随处净土，也就觉得个人生活方式并无多大改变。唯一只是我每天要外出行走的习惯，受到了限制，我便趁下楼取快递之机，更多地步行几圈。如果几天无法下楼，我则会更为频繁地打理几只盆栽，让双手更多地接触泥土，哪怕只有一抔土；让绿植的柔婉叶片一次次筛过我的十个指头；还有窗外的金色阳光，我会竭力伸展肢体去迁就它、去被它晒晒。

再艰险世道，也并非没有可喜之处。这一年我阅读量大增。为要静心，读以赛亚•柏林。气氛恐怖，读东野圭吾。倍感自己愚蠢，读大家认为特别聪明的朱利安•巴恩斯。以及，我个人认为特别特别聪明的胡里奥科•塔萨尔。无需理由的，我还再一次重读了张爱玲。其中的《异乡记》，没有写完的半本书小册子，当我以2020年的年龄与阅历再次细读，又读出了新的震撼与心得，对于我检视自己的生活态度以及做出果断决定，都有极大启发与支持——更优越的精神力量！有一些更优越的精神力量，来自天才的智慧，这恐怕是天才自己都不知道的。天才的独创性，往往来自非理性的感性深渊，在感性的最深处，要有光，就有了光。文学的这一束独创之光，也就是文学独特的魅力所在，也正是作家殚精竭力的追求所在，也正是在非常时刻能够陪伴与安慰读者的精神力量之所在。

疫情期间时间充足，我甚至暗自欣悦这份富有。楼上楼下无人装修，难得一连好几个月安安静静，真是弥足珍贵。一旦读得兴起，难免克制不住要大发感慨：并不是说所有作家都有天分的。有天分的作家是极少数。天才只能是神启。还是以张爱玲为例，模仿张爱玲者，无论男女作家，都不只一个两个。即便勤学苦练，也还是东施效颦，文字涂抹得再圆满，却还是一无可读——请不要强撑硬写好不好——这一句应该只是对我自己的提醒与警告了。我更认为张爱玲是有大福气的人，能够在睡梦中善终，是何等难得的一种归去——此处应无争论：我是张爱玲死忠，就是死性不改地喜欢着她，不要和我说她这样离世太孤独——这一点我和全世界以及诺贝尔文学奖都没有什么说头。不争论张爱玲，咱们啥都好说。疫情期间的阅读，就是这样，经常蔓延出一份多余的顶真与执拗，自己都知道自己还能够顽皮，是不是也给艰难日子平添了几分喜气？

且不说还有音乐。贝多芬交响曲全套，马勒交响曲全套，不许跳过，一一听过来，那几乎是能够直接领受更优越的精神力量。古典音乐大师们从来不死，现当代音乐杰作层出不穷，一个人得有多少独处岁月，才够享用呢。

“生活是行动。”这是哈曼说的。约翰•格奥尔格•哈曼是德国 18 世纪的哲学大师，被后人评价为“北方的巫师”以及“痴迷上帝的人”，他非常肯定地强调“生活是行动”，非常肯定地强调“我在故我在”，非常肯定地强调“少想多活”。生活从来都不应该只是日历上的数字。隔离时期，偶有一天，我眼睛一亮，发现路边停泊的多部小车风挡处，长出了碧绿的青草。马路台阶只要有一丝的裂缝，就会有一些小小野花当街怒放。瞧瞧，大自然生机无处不在，它们都只为自己的生命而活。来，让我们用自己的行动勇敢翻篇，把自己内心的沉重气氛与紧张情绪翻过去，疫情不肯过去我过去，解脱自我惊惧，敞开大门，与大地重逢。

2020 年 12 月 16 日

夜雨埋愁别书房

世事变迁，沧海桑田，只有我这里，美梦破碎，屋漏更寒，这个清明节，注定我要哀悼自己书房了。

古人有诗“清明时节雨纷纷”，这半句流传至今，也算是关于节气的经典民谚了。“纷纷”的意思，一般也就是细雨如丝、润物无声的了。所以今年这个清明节午夜，暴雨陡起，吓醒我于噩梦，一时间人真傻了，不知这个世界又发生什么状况？

或许世界此刻无恙。或许灾祸正在酝酿。但，就以一我一世界而言，我的世界的确出了大事故：书房漏雨了。这一次不再是一般渗漏，是书房墙体开裂，裂缝延及屋顶，暴雨从屋顶灌下，直接就是“高山流水”。我这栋所谓的别墅，典型是经济活动爆发时代的花哨产物，只是名字很豪华、外形呈独栋状，实质就是一栋毫无设计可言的简陋民房，墙体菲薄，粗制滥造，加上屋顶自从安装了太阳能热水器，雨水就顺着进户管道不断渗漏，怎么都修不好，书房天花板已然渗漏多年。此刻，整面墙的书柜倾斜，上下几十扇柜门嘎嘎作响龇牙咧嘴，好像几千册书籍都在喊疼。我的应激反应上来了，顿时楼上楼下奔波，做到了以平时的体力根本做不到的抗洪救灾壮举。直至暴雨偃旗息鼓，室内雨滴渐渐稀落，人却再难入睡，听着错落的叮咚声，感怀雅旧，恍若隔生。这总面积超过 130 平方米的书房与几千册藏书，曾是我人生的美梦成真，曾是我的自豪与炫耀，曾请友人前来，只听得友人艳羡又嫉妒的一声轻叹："啊！"我便一股股甜蜜涌上心头。

年轻时我曾有梦，其中最执着的一个梦就是：我要有一间自己的书房！

17 岁我离家远行，身无分文，前途渺茫，网兜里一只洗脸盆和洗漱用具，挎包里却很富有地装了好几本书，其中《宋词》是我用唯一值钱的毛衣换来的，《唐诗三百首》是我整个高中期间的早餐费。《普希金诗集》是我用医院病历纸一字一句抄录的手抄本。我暗暗发誓：一定要为我的这些来之不易的宝贝，获得一间书房。"坐拥书城"是我对我家最美形象的定位。十七八岁，胆子就是那么大，目光就是那么窄，脑子就是那么乱，美梦的拼图，不是来自于独立思考，而是来自于文人癖好。追求开始了，一个埋头奋斗，就是二十多年。书房越换越大，书柜越来越多，直至 2003 年年底，这带了前后大阳台的两间大书房，终于落成。终于，人生有了那么一天：在书房闲翻，在阳台捧读，一边喝茶，一边熏香，书香更与沉香相得益彰。更不能免俗的是，我在书房拍了照片，以书柜为背景托腮思考照，捧读线装书籍文化品位照。这些事后叫人脸红的俗事，关键不在于当时我有多么俗，而在于它们会催生我更大的俗，我的梦想愈发膨胀：书房是否要更大？是否得变成书阁或者书楼？藏书量是否得过万？善本孤本是否得弄几本？得陈设画案还有摆上砚台毛笔等文房四宝，得习字诵经了，得题匾绣名了。

而被我罔顾的事实是：书籍日渐腐朽，灰尘日益覆盖，书虫时刻啮噬。春季受潮，伏天要晒书，秋冬季又得防干裂，春季到来立刻开始防潮防虫，樟脑丸总是批发式购买。且不说一年四季的大量时间和精力陷于维护书籍，最可怕的是书的品质每况愈下：大开本，豪华装，内容贫乏，抄袭成风，腰封广告充满雷语，心灵鸡汤大肆流行，翻译小说大都速成，不堪卒读。据说现在的译者都是团队了，教授领衔，学生分段翻译，以最短时间抢译出来，捏合一起就出书。这些完全失去收藏价值的书，它们大量地不断地涌进我的书房，还得要我料理和伺候它们。

直到 2009 年在香港大学住校，认识上发生一个巨大的质变。因为发现一些老教授的藏书，收藏着收藏着，家里装不下了。教授们合伙租用了山洞仓库，暂时存放藏书，其间还得请人定期护理。即便是捐赠图书馆，也还得慢慢排队，毕竟图书馆空间也有限。忽然，我明白了一个最简单的道理：别说图书馆了，就是地球，也只有一个。个人的藏书量越大，去向问题就越严峻。一个最简单的道理，也就分明摆在我眼前：当空间无法改变，思维必须改变。现在社会已经进入高科技时代，别说我这几千册书籍，再多书籍，也就是一枚小小芯片。千军万马的阵容，只是看起来威武，却敌不过一颗精确制导导弹。顿时为自己腐儒的藏书梦羞愧起来，马上知难而退。从香港回来，我淘汰了一批书籍，把藏书控制到史上最严。东施效颦的动作，我再也不做了。

然而，我开始想念图书馆。那是因为，书到用时方恨少。

港大教授们主要使用图书馆。港大图书馆令我耳目一新，图书馆不仅藏书海量，阅读设施也一应俱全，网速极快，电脑机器们随时提供使用，你需要的资料都可以下载、发送、扫描、复印。办证超级简便，你只站立一下，过一个面部扫描，证件立等可取。

及至2014年，在美国艾奥瓦大学国际写作中心住校写作三个月，完全就被图书馆震撼了。图书馆不仅数量多到几乎都可以步行到达，还方便到让你的借阅足够简便快乐。比如图书馆大门的门柱，设计了一个有盖的漏斗，把还书变得轻而易举，任何时候你都可以还书，你都不必进入图书馆里面，只要你在大门门柱那儿把书往漏斗里头一放，成了，书籍就被归还了。图书馆所有设备都是为着读者的方便而设计。更有趣的是，居然还有饮食小吃部，打破了世界上所有大学图书馆不得一边看书一边吃喝的陈规，一般图书馆谁都怕弄脏了书，还有清洁卫生方面的问题。艾奥瓦大学图书馆层层门卡都安装消毒喷手液的自动装置，解除了后顾之忧。而且图书馆的咖啡、汉堡便宜到你不用考虑钱，也就是零钱都可以买到，再也不会让你忍饥挨饿地阅读。尤其是自动售卖机，饮水间卫生间，处处都有。空气清新系统不断为你输送新风，除了阅读还有视听设备，最关键是一切，统统，免费。我当时的心情，只有用“哦,My god！”来表达。假如我身边有这样的图书馆，我改掉藏书的癖好，一定是十分容易的事了。

尽管这种现代化图书馆，对于我还是一个遥远的理想。我心里还是已经明白：藏书这一桩雅事，早在我开始藏书的时候，其实就已经是一桩难事。世事变迁，沧海桑田，只有我这里，美梦破碎，屋漏更寒，这个清明节，注定我要哀悼自己的书房了。自古腐儒塞天地，人不明达即顽石。原来我正是顽石一枚。如果17岁就是一个明达的人，就不会有后来几十年的徒劳辛苦。书房面积再大，还大得过人的心房？！

从前没有人教导我。

从前也没有机会去香港大学和美国艾奥瓦大学的图书馆。

唉——从前。

2016年4月15日

最必要的一趟旅行

家才是我的绝美风景，回家才是我最必要的一趟旅行，我会把自己的理智与情感，都奉献给它。

整个青少年时期，我最强烈的心愿：离家出走。只因我们家，完全不成家。我出生几天，被送到外公家。这栋飞檐碧瓦天井楼台的屋子，就已经强行挤进了几家租户。我母亲与她的兄弟姐妹，有的远走高飞，有本地工作的，也千方百计搬到单位宿舍。外婆吐血早逝，不久外公也追随而去，家门大敞，家具任人偷拿。我父母家，单位宿舍，一排平房当中的一间，室内用马粪纸板间隔。父母睡里间，子女睡外间。窗帘属于小资，不许挂。行政科统一发放红色油漆涂玻璃窗。本来可以用报纸糊的，但报纸剪贴不慎就有拼出反革命标语的危险。在父母家的生活是：钥匙挂脖子上，饭票装书包里，开水去锅炉房打，保卫科巡逻在大院可以随时喝住你，晚饭后不久就得关灯，不可看闲书，不可大声说笑，不可议论时事。所幸高中毕业，赶上知青运动尾声，离家出走的白日梦，终成现实。

从此，我越走越远。读大学，工作。再读大学，再工作。所有节假日，同学结伴旅行，遍访名胜风景。然后，越走越远。旅行脚步扩展至全世界。独行或随团，下榻各种宾馆酒店。当然下榻居所也是旅行的一个重要组成部分。关于这个部分，我也一直是人在旅途。除了宾馆酒店之外，我不断漂泊在各种单位的集体单身宿舍。婚姻也并没有给我一个家。住房是如此艰辛难得。生活总会冒出各种霸王理由，逼你不停搬迁。多年来积攒了很多对家的设想，从来都来不及实施。每一次搬迁都是一段伤心旅程。眼见得城市飞速扩大，又很担心拆迁过来。再不就是被豪华装修后以贵到没底线的价格卖给你四堵墙壁和满屋子假冒伪劣，就算这样还得担心土地证到期。折腾半辈子，才恍然大悟：原来我的离家出走，其实正是想要奔回自己家。一个完全的、安全的、永久的、属于自己的家。

我的家应是样样东西都顺手都好用且结实耐用。我的家什么话都可以放心大胆说、裸晒没顾虑、窗帘绝对有。最喜欢的枕边书、无数 CD/DVD、历年旧手机都身怀当时的电话号码与短信、祖辈的马口窑陶罐、父辈的老式英纳格手表、我孩子婴儿时期的褴褛、友人的礼物和书信字画、亲朋好友的生日贺卡、每个年龄段做的傻事的痕迹，比如从埃及带回一只法老银铃并一直深信它的灵验，等等等等，林林总总。一个丰满的家，一座个人博物馆，一道自己生命的神秘风景。房子可以老旧，可以不大，但应该是从永到远的囊括，一个自己的永远。

我承认，外面风景确实有值得一看的，但真的不多。太多都是旅游业催生的人造景区。游客拥挤，喧嚣混乱，厕所肮脏，饭食难吃，在同样景点拍同样照片，还免不了旅途总有种种麻烦。问题的本质还不在这里，更在于旅游商品的消费，是那些拥有家的人，想换换口味，让自我，有那么几天，生活在别处。那些人，是早八辈子就拥有了永久的家。而我，可怜的，住所归属还处于悬疑状态，室内生活还处于潦草粗放状态。因此，家才是我的绝美风景，回家才是我最必要的一趟旅行，我会把自己的理智与情感，都奉献给它。所以我想我并不是在谈论旅游业，而是在整理自己被搅昏的脑袋。

2016 年 6 月 18 日

往日的好时光

我家草地上五虎闹春，蜜蜂在花间嗡嗡采蜜，廊檐下，舒适的高背藤椅，暖阳高照，布袋趴在人身边，人和猫都会懒懒打个盹，那是怎样的好时光啊。

今天在业主群里刷屏的，是一只小猫咪。小猫咪毛色搭配相当时尚：一身雪白，从眼眶开始往上，覆盖整个头顶的，是黢黑的黑色。乍一看，小猫咪俨然戴着一只棒球帽。我一见钟情，好生欢喜，立刻就叫它“棒球帽”了。棒球帽蹲坐在物业管理大厅的服务台上，双腿笔直且紧紧并拢，这是一只天生好素养的小猫咪。物业女生微信：“三天了，这只小猫咪都在我们物业大厅流浪，超漂亮，哪位业主想要，可以收养哈。”我这颗心啦，居然不由自主怦怦直跳，第一时间就想下楼去抱它回家。

第二时间来了：现在的我，还能够收养猫吗？猫仔一旦到家，我现在的简单生活马上就会变复杂很多：猫食、猫砂、猫窝、猫玩具；猫叫、猫闹、猫洗澡，猫还要打防疫针等等。即便只是小猫咪，它的日常需求，也是不胜琐细的。我做不到了。我得上班。我得出差。我得出国。我平时的写作和阅读，得有特别安静的家居环境。我得——别找借口了！其实猫还是猫，是我变了：现在我巴不得哪只猫能够收养我。

第三时间到来，理性占了上风。理性很快消灭了感性。为了避免眼馋和心酸，我果断删掉群里的微信。删掉了可爱的棒球帽。一个名字，诞生了三分钟，就归于寂灭。

我曾收养过流浪猫。十三年前。那时候我住独栋，屋大。尽管房子又土气又简陋，但有前庭后院，大门口还有宽宽的廊檐。有一天回家，被一只小猫咪跟踪了。从小区大门口一直跟到我家。我进院子门，它也跟进。我打开家门，它竟然懂事地止步于大门口，只是朝家里张望了一下，然后安分守己地蹲在门外。它怎么就知道我并不想让流浪猫进屋呢？小家伙太聪明了！这是一只丑猫咪，黑白杂色，瘦骨伶仃，患有严重眼疾。我立刻给它清洗眼屎，上红霉素眼膏。它对我完全信赖，百依百顺，因此也就顺利地，把我变成了它的家庭医生。它眼睛弄好了，吃饱喝足了，绕着我裤管亲昵撒娇，再一个趴，就趴在我脚边了。这是一个多么奇特的姿势：它全身完全放松、呈扁平状，酷似一只丢在地上的布口袋。我惊奇地问它：

“喂喂，你怎么会像一只布袋呢？你简直太好玩了！”它的嘴角两边往上翘翘，似乎在笑。我提起它的颈脖，它索性就装成一只布袋，没骨头没肉只有一张皮的那个样子，我提它在手，还可以任意摆动。我们全家乐得哈哈大笑。没有办法了，这就是缘分了。

我给它取名“布袋”，它也欣然接受。每每只轻唤一声布袋，它便应声而来。

从此，布袋结束了流浪猫的生活，正式住进我家廊檐并在我家养得膘肥体壮。布袋身残志坚，非常自觉地苦练捕猎本领。每天白天都在我家篱笆上站桩跳跃，在草丛中练习匍匐偷袭，在桂花树上练习上下爬树。夜晚也从不进屋睡觉，坚持野外生存，而且还兼任了狗狗的看家职责，把试图溜进我家的老鼠、蜈蚣、蜗牛、壁虎、蚂蚁以及所有爬虫，统统杀个片甲不留。常常，我清早起来打开大门，都要首先做好心理准备，因为大门口屋廊下，很可能又是布袋的杰作：血迹、羽毛、虫豸的残肢，我家简直就是一个胜利的战场。布袋身上还有许多神秘的东西，比如一个夜晚，我们睡觉之前，发现布袋一只前足肿得很厉害，差不多是另一只前足的两倍大。我们赶紧替它查找伤口，活动筋骨，结果什么都找不到，布袋也跟没事人一样，任我怎么捏拿，也根本没有疼痛的感觉或者中毒迹象。次日清晨，再看布袋，完全恢复，双足粗细大小一模一样，弄得我们简直不敢相信自己的眼睛。

就是这只神奇的布袋，虽然其貌不扬，眼睛残疾，却赢得众多公猫的积极追求。其中最雄壮最漂亮的一只虎皮斑纹公猫，无论白天夜晚，都紧紧追随在布袋身边。来年早春二月，布袋生了五只小猫咪，清一色都是它们父亲的虎皮斑纹，个个都似它们父亲那般虎头虎脑，双双都是明亮大眼睛。那一年恰好是虎年，我家草地上五虎闹春，蜜蜂在花间嗡嗡采蜜，廊檐下，舒适的高背藤椅，暖阳高照，布袋趴在人身边，人和猫都会懒懒打个盹，那是怎样的好时光啊。

时光一刻不肯停留，而且总是。

月有阴晴圆缺，人有悲欢离合，而且总是！

一晃就是现在了。布袋与她的虎子们，也早已风流云散，不知所终。其中我有多少伤心多少黯然，无以言表。现在我更多地蜗居在小工作室，习惯了生活的简单方便。居住于这种密集高楼的盒子间，就再也没有了那份收养动物的条件和心思，索性就只是冷心冷面罢了。只是像今天，偶有激情袭来，过后则不免更加惆怅。便去阳台上，凭栏远眺，怀念往日的好时光。是不是可以这么想想：既然今天有往日的好时光给你怀念，那么，说不定，今天也会是明天的好时光呢？很奢侈的想法，很贫瘠的现实。

2020 年 5 月 16 日

如果说我们这个时代
不能够辜负什么，
那一定首先就是
不能辜负我们这个时代的草。

第四辑

千万不要辜负我们这个时代的草

汉口的天生丽质

汉口，我居住的地方，正如我的灵魂行囊，一直与我在路上，如影随形。

一个人情感深处有无数情结。“谁不说俺家乡好”，正是万般情结之一。但是，当我对汉口进行审视和描述的时候，我很清楚我首先得超越个人小情怀。

超越个人小情怀，还需凭借我的城市阅历。今天的我，已经走过了世界上许多的城市。在这些形态各异、各有千秋的城市里，我亲睹了各具特色的繁华荣光或冷落清秋。在那些满是闪耀圣诞树和顶级品牌华彩的繁荣大街上，在那些覆盖着黑色油页岩的民居屋顶下，在那些呼吁与抗议此起彼伏的绿荫广场里，在小说、诗歌、话剧、芭蕾、影视、歌舞、绘画与行为艺术，那潮汐般每天都会上涨的嬉笑怒骂中，我真切地感受到了人类永不停息的诉求。几乎所有城市的人们，都在不懈地追求、向往、抗争、建设或者反对建设，都只为争取更优良的居住环境。汉口，我居住的地方，正如我的灵魂行囊，一直与我在路上，如影随形。就是这样，多少年来，汉口之城，被我一次次重新比较，一次次重新认识，一次次重新——爱上它。

凝视汉口，似乎必须，要借用准星般的纵横轴线。从历史的纵轴来看，汉口盘龙城遗址，就是三千五百多年前的人类聚居的明证。两千五百年前的春秋战国，楚国就是公认的翘楚。在八百多年里，楚国的社会建制文明程度之高；诗歌、音乐、舞蹈的艺术水平之精妙；建筑、耕种、手工艺之精湛，不仅在华夏列国遥遥领先，世界他国也都望尘莫及。直至清朝，张之洞总督湖广，在湖北大展宏图，扩展汉口城郭，至今犹存的张公堤，也是明证。清王朝和张之洞，自然不是心血来潮，正是汉口的文化积淀、经济实力与卓越的创新能力，足以担当中国真正意义上的现代城市。

再从横轴线来看，一目了然：武汉是中国的中国，汉口是城市中的城市。缓缓扫视，东西南北，满目都是人。在这茫茫人海的中央，武汉无时无刻放射出人脉、人气和人缘，接纳着南来北往的人流，兼收并蓄着东南西北的特点。最重要的是，最适宜人类生存的两点要素：淡水与文化，对于武汉来说，是如此充沛。而汉口，又奇妙地拥有着一种神话般的魅力：月球引力造就了地球的些微南倾，长江江水因此会更激烈地冲刷南岸，容易形成陡峭岸壁；而位于北岸的汉口，则会缓缓析出优美的岸线。于是汉口城区，便天赐一道平缓从容的丝绸般的江滩。这是多么得天独厚的优雅气质，多么诗情画意的城市画卷，对于全世界所有爱美的人们，又有着多么致命的吸引力。汉口将带着这股美丽绝伦的魅惑，一路向上，向北，向北，缓缓地扩展，有着无限发展与繁荣的可能性。试想，世界上还有哪个城镇可以相提并论？没有。巨龙长江，唯此一条；妙曼汉口，唯此一城。

当然。我也必须黯然地承认，历史会开玩笑，造化会弄人，时运会不佳，正所谓繁华有时，清冷有时。曾几何时，汉口滞后了，糟蹋了，弄乱了。天生丽质，却粗头乱服，好比流落草莽的公主，时常蓬头垢面，遭人讥笑奚落。不过我深信，或者说我愿意深信：天生丽质真的是难以自弃的。暂时的粗头乱服，不可能永远遮蔽国色天香。一个城镇拥有漫长的前世今生，不单是存留于史书的一笔笔暂时的记载，更应该是这个城镇的自然环境、血脉积淀、进化基因、脾气性格和积极力量。貌似现在已经醒来，貌似现在正在行动，发酵是无言的，信念是不死的，热爱是不朽的。这就是今天的汉口，我相信。

2014 年 11 月 27 日

到武汉来 做徒步家

即便生活在钢筋水泥构筑的大城市里，即便我们原本不是强壮刚健的人，也不妨，设法成为，城市里的徒步家。

曾经，我是那么渴望高山大海。然而，当我到达海边，我停住了脚。

我发现，我一而再再而三地发现：我怕海。

只要久久凝视那一望无际的蓝色海洋，从我心底深处油然升起的，都是恐惧：大海的绝对空旷，令我备感虚无；眼看着清澈的水却不能够喝，令我备感绝望；海洋深处神出鬼没、尖牙利齿的鲨鱼，海洋深处总在酝酿的海啸、台风和地震，都让我陡生畏惧。如是，我一定要热爱大海吗？不！我慢慢明白：我可以对大海说不。当我登过了高山与高原，当我穿过了沙漠与荒丘，当我对那些令人羡慕的极限运动满怀痴心妄想，却只是坐了一趟过山车，就已经吓得魂不附体、惊声尖叫、眩晕发作，难道我还敢再想攀岩和蹦极？

是的，是在后来，我才慢慢明白的：我的身体和心理都不具备冒险素质。后来的后来，我更加明白：作为湖北武汉人，我从小生长在内陆地区，且追溯祖宗前辈三代乃至五代，都是内陆基因。对内陆生活环境，总是更为适应与亲和，对那些遥距千里的大海、沙漠以及崇山峻岭，毕竟觉得陌生和隔膜。基因无可更改。基因代表你的心。

好吧，让我换一个思路，以便安慰自己。

其实在大自然面前，并不只是敢于冒险，才是强者。也并不只是追求高山大海极限运动，才算对大自然热爱。合适的，就是最好的。是最好的，就是最美的。如果一个人就这么想，可以不可以？我告诉自己：当然可以。

天啦，这个时候，我才发现：武汉对于我，是多么合适。这个从古云梦泽发育起来的城市，江河湖塘，星罗棋布；浩瀚长江与汉水，竟然慷慨地流经中心城区；这两支源远流长的地球上最可宝贵的淡水资源，如此丰沛地哺育着我。正因为远离海水盐分的侵蚀、远离沙漠枯燥的吞噬，武汉的土壤才如此肥沃，武汉的植物才如此丰茂。特别是植物的气息，经过我多年的留心比较，我敢说，相比其他许多城市，武汉的香樟树，樟木香就是格外的浓郁。我还敢说，武汉秋季的桂花、冬季的蜡梅、夏天的荷花与栀子花以及白兰花，就是更香且更艳，洁白的花色自有洁白的一种傲艳。何况除了植物还有气候，气候四季分明，绝不一味地热或者一味地冷或者一味地干燥。大江大湖的纯粹淡水，一年四季都蒸发着水分子，这是一部巨大的天然加湿器，对肌肤的无形滋养，怎么夸张都不过分。谁都不妨试一试，信不信你在武汉待久一点，你的皮肤，会滋润很多，会鲜嫩很多。

武汉就是这样呵护你滋养你召唤你，让你不知不觉地奔向户外——我早些年就开始了户外的步行与慢跑。最初的感受，只是身体的舒服。只是自觉不自觉地与植物们的无声交流带来的感官享受。直至后来，就会有一种健康向上的感恩之情，冲击心扉直达心灵：这是对造物主恩赐的悉心领会与无比敬意。很自然地，就在我迁居中心城区以后，我也找到了适合自己的户外运动方式：两江四岸的徒步。

不要笑。这并不是在日本的熊野古道徒步，行走1000多公里，跋涉于没有路径只有虬龙般盘踞的树根的古道，每一步又湿又滑，身背硕大又沉重的背包，每天天黑之前必须抵达驿站，否则，全靠自己的野外生存能力。没错，这是徒步，这是徒步家在专业的著名的徒步步道上的徒步，这是勇敢顽强者的真正的徒步。而我的徒步，简直小菜一碟，居然就在自己的城市圈内。不要笑。现在庞大的城市生活族群，我们的生活与工作，都无法离开城市。我们既是城市豢养的动物，但也是大自然的信徒；既是一副孱弱的身子骨，但也有又一颗不甘被宅的心。好在武汉的中心城区，也有漫长的江岸线。长江与汉水的沿江步道，已经超过了40公里，走完它，也算走完了一个“全马”。

在周五工作结束后，准备好简单的行装：主要是一双好鞋、一只轻便的双肩包。周六清晨出发，周日傍晚结束，驿站就是自己家。在周休两天时间里，把室内的一切留给室内，把身心的全部投入自然。周一“满血复活”，氧气充满身心，新一周的工作，就这样开始，状态实在是很不错。

在城区中心徒步，主要是有安全感和省心。渴了饿了，城市商业网点随时补充。累了乏了，随时随地休息。不慌不忙步行。全心全意步行。一侧有长江相伴，一侧有林带相随。江上有缓缓行进的轮船。江边有闲散沉静的钓鱼人。你还可以暗暗期盼江面忽然冒出欢快的江豚，它们从前曾经调皮地追逐过你乘坐的渡轮。你看花草树木千姿百态各有各的美，它们根本不鸟人工修剪，该是怎样的个性还是怎样的个性，全然没有完全相同的两片枝叶。你听各种鸟儿啾啾啼鸣、嬉闹追逐，野猫却在草丛中悄然匍匐潜行，一副猎手架势，你替猎物担心，也替猎手担心。黄昏了，忽然有一只黄鼠狼蹿过。野兔总是冒冒失失，突如其来，与你差点撞面，它立刻据地作势，两只细长大耳朵竖起来，一耸一耸，少顷转身飞奔。这些野生动物的出现就是会让你觉得这个世界与你亲。就这么步行。就这么交流。什么都不用说。大自然总在你耳边浅唱低吟。太阳把植物的气息晒得愈发浓郁了，真香。你呼吸渐渐加深。你不断吐故纳新。你浑身上下是如此通透舒坦，没有再美妙的了。

假如有三五天的假期，徒步将会有加倍的意趣。两江四岸的沿江步道，原本就是一条有弹性的路。除了还在修筑延展之外，你中途还可以走进天心洲，看大江分流，看水天一色，看芦荻野景。到了武昌江滩，你还可以在武昌桥头堡稍稍留步。那里有一棵粗大的老合欢树，它巨大的树冠，凭栏凌空，似乎是一定要呵护这座1957年建成的堪称雄伟古典的长江大桥，而树冠掩映的，是20世纪80年代有名的恋爱角。那年代，夜幕下，不知有多少对恋爱的男女青年，默契地来到这里，躲进树冠的浓荫，面对长江，偷偷约会。那些恋人们，一对对，背靠背，紧紧密密挤在一起，用他们集体主义的勇气，抗拒着道德君子对他们的蔑视，宣示着他们生机勃勃的青春爱情。如果季节正当春夏，合欢树鲜花盛开，它的花朵，是决然与众不同的针状簇形，颜色粉红，极为娇媚，满满都是、也只能是爱情。不错，自古以来，合欢树就是爱情的隐喻。徒步过来，看看它，摸摸它，借一点爱，借一点沉甸甸的历史感，藏进自己心中，以保持心的温度。

就在城市里长江边的散步，我把它称之为徒步，似乎是有点好笑。可我始终认为也没有那么可笑。任何事物，皆由人类命名。在我看来，武汉两江四岸的徒步，也是徒步，或者说是小徒步。在这个世界上，断没有唯一的生存方式，断没有唯一的审美方式，也断没有唯一的徒步方式。即便生活在钢筋水泥构筑的大城市里，即便我们原本不是强壮刚健的人，也不妨，设法成为，城市里的徒步家。

2019年11月5日

千万不要辜负我们这个时代的草

我们自己的生命，原本可以无限受惠于天赐之美的。

据说每个人早上睁开眼睛，就表明你是活的。可是像我这种肺功能虚弱者，每天早上眼睛倒是睁开了，但如果没有鲜活的草、鲜活的绿色、新鲜的氧气，我就没有活过来。草是我生命得以延续的温暖气氛，是人世间对我唤醒的体贴细语。

城市日益高楼林立，栖身的水泥匣子多是隔绝与枯燥，窗外野生的树林草滩早已消亡。唯靠自己拥有草了。我有多种盆草，其中的银边吊兰，已跟随我三十多年。那还是我医学院毕业，刚到医院上班时，科主任李群，赠我一株吊兰，说是吊兰最好养，清水阳光就行。从此这盆吊兰，就在我身边了。三十多年岁月，惊回首多少动荡变迁，仅搬家就有十几次。而这盆吊兰，经历无数次换盆，繁殖了无数后代，始终就在我身边。十年前我在上海写长篇小说《所以》，一待几个月，汉沪之间火车往返，单程十九个小时，我抱一盆吊兰坐火车，人都看着笑。

我是会做一些傻事的。前年冬季，我沿江远足，遇见一群大树正遭砍伐，当即我就上前制止。可人家都是被雇民工，只管砍一棵赚几文钱。恰巧那天有一个会议，恰巧市长在，我不管不顾地就投诉了。市长当然具有高度生态环保意识，当即打电话，立刻制止了砍伐。太好了。我很开心。这群大树，学名“意杨”，小名“大叶杨”，约几十年或十几年树龄，早在打造江滩公园之前，就已经葳蕤昌盛，是现在江边最为高大粗壮的树。只见江风中，阔大树叶阵阵婆娑，翻飞起舞，真是美轮美奂。鸟儿又对意杨情有独钟，高高枝丫上一窝窝硕大鸟巢，大小喜鹊飞出飞进，喳喳欢叫，真是喜气洋洋。从此，过一段时间，我都会特意来到江边，特意看看这几棵劫后余生的大树，拍拍树干，听听树声，望望那些坚实的鸟巢，树底下坐坐。树底下生着本地杂草，叫盘根草，生命力极强，些许阳光就够，又极具人类亲和力，任人踩踏坐卧，绝对不需要什么警告牌：严禁踩踏草皮！更无需费劲装文艺： 花草有生命 脚下请留情。更关键是免费，自然繁殖，不花纳税人半分钱，还春绿冬黄且不改盘根本色，将泥土扬尘固定得好好的。而有些人为什么都宁愿重金购买娇贵的进口草皮？宁愿不要真实的四季风光而要生硬的四季常青？宁愿不要游客如云随意躺卧的绿色地毯而要只能看不能用的装饰性绿色？真的不懂。常识与科学都去哪儿了？ 草皮、草坪与草，根本就是为人民服务的！树叶是可以穿的，稻麦是可以吃的——粮食也是草呢，树木也是草呢，都属于植物。只是人类给植物取个小名，叫作草而已。

不幸还是发生了。我最近一次远足，猝不及防，劈面看见的是一块工地。上次我向市长投诉而劫后余生的那几棵大树，还是被砍了。鸟巢当然没了。覆巢之下，焉得完卵？不想夸张，但这确是我眼中的鬼片一幕：后背一阵发凉，差点惊声尖叫。不过这次我不会傻到再去投诉了。因为遭到投诉的有关单位，已经恨死我了。因为明摆着江边人造景观越来越多了。因为明摆着全城的高大树木越来越少，明摆着树木们挖掉与移栽在不停折腾，明摆着花草树木与人造景观的反复倒腾都是有经济利益的。如此，树木怎能根深叶茂？鸟儿怎敢再来筑巢？烟色绿浮前岸柳，新晴草芊花乱开，斜阳老树漫天霞，江船横渡雁晚归，这是明朝嘉靖直至清朝末年汉口江岸的自然景色。几百年来人们不断赞叹吟咏，到如今是可惜了。可惜了，这漫长的江岸线，可惜了，那些参天老树，可惜了，我们自己的生命，原本可以无限受惠于天赐之美的。

已见惯太多悖论与荒诞，练就了快速冷静本领。现在我只想冷静地说：如果说我们这个时代不能够辜负什么？那一定首先就是，不能辜负我们这个时代的草。我们这个时代田野森林消灭得太多了，粮食不够了，氧气难以为继，水泥钢筋无疑是鸟不生蛋的穷山恶水。别忘了，这个地球上，草的强大，是无与伦比的，人类算什么东西。金字塔耸起之前，野草已经覆盖地表。帝王将相辉煌之前与覆灭之后，鸟儿都还在树上莺歌燕舞。如果说我们这个时代不能够辜负什么？那一定首先就是不能辜负我们这个时代的草。如果说我们这个时代不能够辜负什么？那一定首先就是不能辜负我们这个时代的草。尽管说了白说，我也坚持，说三遍。

2016年10月16日

最怜秋叶难留

偏偏我偏爱秋季。我是香泥派，高度认同陆游的“零落成泥碾作尘，只有香如故”。

深秋又到。几分欢喜几分愁。欢喜的是，深秋毕竟如期而至，谢天谢地。不开玩笑说，当炎夏的持续超过普通长度，我会大脑缺氧。高温潮湿不耐受人群的缺氧症状之一是缺心眼。缺心眼的我会忐忑不安，生怕秋季不来。熬到重阳那天深夜，忽然秋风大作，我这颗悬着的心，终于得以安放，好不欢喜！尽管随之雾霾也起，但是大自然总会有更强大的理由，让我相信并期待，或许总有那么一天秋高气爽、蓝天白云、碧水清流、鸿雁成行。至少我已经手捧了一只沉甸甸的新秋柑橘，来自深山，轻轻一掐，丰满柑子就淌出了金色汁液，哦，硕果飘香，怎能叫人不欢喜。

又哪里来的几分愁呢？秋叶。来自秋叶。来自宋朝。来自范仲淹的文字“碧云天，黄叶地，秋色连波，波上寒烟翠”。倒真不是患了旧时代文人病，急匆匆忙乱乱拥挤挤的当代社会倒真没环境再去什么“红藕香残玉簟秋……花自飘零水自流……一种相思两处闲愁……才下眉头却上心头”，但你无法否定李清照的悲秋之美还是极具感染力。最主要原因，恐怕是千百年文脉难以断根，总有人民群众暗暗滋生对现实生活的秋意审美，用眼下热词来讲，就是人民群众对美好生活的需要日益增长。我们小区，环境不错，有多条林间小路，还毗邻本市最大公园。秋风乍起，落叶飘撒，金黄辉映，与波光粼粼的江水呼应起舞，比之古人诗词，更有一番壮丽气象。可奇怪的是，清洁工也增加了清扫力度，从早到晚不停歇，几乎不让秋叶沾地，无论公园还是生活小区，路面干净得像个秃子。有的人民群众就有意见了，直接阻止清洁工。清洁工横竖三句话“我在扫垃圾”“我工作就是扫垃圾”“领导叫扫的”。领导是谁？秋叶是垃圾吗？这也太没文化了吧？冲突就闹大了。我们小区业主建有一个微信群，群名“人民群众”。物管公司在微信群里与业主协商，选派代表开了一个协调会。我“潜水”旁观了这次会议。会议受到各方高度重视，物业科科长来了，物业总公司一位高管来了。该高管既年轻又成熟，学历颇高，彬彬有礼，耐心倾听人民群众发言，讲话很有理论水平，只是人民群众普遍跟不上。人给他朴素谈秋叶，他给人豪华谈愿景。人给他谈秋叶是否垃圾是否应该扫光光，他给人谈智城智区、创新名区、路面清洁考核标准化和必须服从全市创建要求与条例。最后管理者们呼吁大家归于理性，互相理解，共建文明，再创辉煌。“人民群众”很冲动，嚷嚷“什么理性不理性，不就是说咱们无理取闹吗？不就是说秋叶还是垃圾吗？”说到“理性”，我读过的杂书冒出来了。关于理性的概念，记得最早是古希腊先哲亚里士多德提出，他说“理性比任何其他的东西更加是人”。以我愚见，理性正是说人话做人事。怎么扯成了克制脾气不争不吵呢？争吵本身并非坏事，如果大家通过争吵能够正视并且分辨问题所在，或许一桩关于秋叶的好事就成了。无奈，不成。清洁工一如既往，大举围剿秋叶。

偏偏我偏爱秋季。我是香泥派，高度认同陆游的“零落成泥碾作尘，只有香如故”。我是一叶知秋派，是落叶归根派，同时也是现代派：认为秋叶不是垃圾，是大自然的美丽馈赠，是装饰人类生活的天然艺术品，同时还是可降解物质与益生土壤。认为城市除了交通大道，其他街道广场公园步道与小径，不妨一任秋叶漫卷如彩蝶纷飞，人们走在路上，厚厚落叶在脚下簌簌作响，木香袅袅，那该多有意思，欧美许多国家都是这番秋景，多少次我流连忘返美醉街头，但依然是中国心，更想咱家也有。

2017 年 11 月 11 日

方便改变世界

方便已经发展成了一场不流血的革命，狂热裹挟了大众，改变着大众的生活方式。所以，每每我英雄气短，还是一直在使用手机。

每天都用手机。每天都离不开手机。但是每每，会有一个潜在冲动：去他的手机！每每过江，幻想中都会有一个豪迈动作：奋力扔出去——大江东去浪淘尽更新换代太快的手机！适应新手机的焦虑，或许是短暂的。但如果加上黑屏、数据丢失、拒认密码、密集诈骗电话、病毒时时来袭以及许多意想不到故障呢？你得承认，你会抓狂。就一只手机，足以让你患上密集焦虑症。我使用手机近20年，最初是想亲朋好友保持联络加深感情。惊回首，才发现，手机并没有让友谊更深，更深的还是那封情真意切的信，还是那张悄悄塞过来的纸条，还是面对面俯在耳边说的那些话。手机输送了无数祝福，正如节日焰火，瞬间豪华盛开，转瞬过眼烟云。更是载不动，许多愁，填不了，许多空。据称手机最大好处，是会带来更多机会，这只是一种假设，无法证实。眼见为实的倒是，无数人为手机提供了无限赚钱机会。更可怖的是，现在人似乎落下毛病，出门一摸，手机不在，顿时心悬，进了地铁也要转身回家，拿到手机，心方踏实，工作和生活才恢复常态。其实这一整天，啥重要电话都没有。

偶尔，我会牛劲上来，戒机三天，享受恶意快感：找不到我了吧？！当然其实我没有这么重要。人们没有找我。然而事后，我无法不承认的是：三餐不揭锅，一餐同样多。三天以后开机，还是饱看到噎死你。就算我再有定力，坚决不看煲鸡汤、卖情怀、晒自我、危言耸听、苦口婆心，但生活缴费是必须。水电煤气物业网络快递，轻松窝家里，躺沙发，动动指头就搞定，显然比顶着毒太阳一趟趟跑营业厅，不知道要方便多少。

方便改变一切！

方便改变世界以及世界观！

因特网与电子产品，在 21 世纪，方便到已经发展成了一场不流血的革命，狂热裹挟了大众，改变着大众的生活方式。所以，每每我英雄气短，还是一直在使用手机。

那么好吧，让我们以革命的名义，把方便进行到底。正如美梦是无止境的，那么方便也是无止境的。手机肯定可以更方便，更方便储存、转换、新老并用、经久耐用——减少了资源消耗等于增加了生命质量，降低了焦虑等于提高了人命福利，赚钱不就是为了人的一条性命么？生命质量说到底是要有时间享受生命乐趣。当我们老了 / 头发白了 / 睡意昏沉 / 炉火旁打盹 / 请取出某部手机 / 慢慢读 / 回想你过去柔和眼神 / 多少人爱慕你青春欢畅的时辰 / 爱慕你的美丽，假意或真心 / 只有一个人爱你那朝圣者的灵魂 / 爱你衰老脸上的痛苦皱纹。写到这里，我自然地衔接到爱尔兰诗人叶芝的诗句，抱歉情不自禁把“某部诗歌”写成了“某部手机”。不开玩笑，明天永不可测，唯有一路走来的小径，撒落着曾经的美好。唯有善于回味曾经的美好，才能更懂当下的珍贵。所以更有理由寄希望这场革命，带给我们触类旁通的深省，让我们返回生命本源，从人类生命本源的根本利益那里，锐意进取，去伪存真。把各自的专业与产品，朝极致去做，更智慧、更便捷、更节能、更规矩、更常识、更法律。到了那个时候，我们再进超市购物，就不必像间谍特务那样警觉，对每一样东西都高度怀疑，反复甄别。我们短暂的生命，也就不会大量消耗在辨别地沟油、真假食盐、有毒奶粉面条大米什么的。或许，我们就可以在冬日温暖炉火边，翻开一本诗歌了，超智能手机同时也在身边，静音伺候。

2017 年 5 月 21 日

大意失荆州 糊涂毁沔阳

文字这个东西，是文化血液，与生养自己的土地水乳交融同为一体，早已造就，你没法答应。

上苍布新，春季又来，踏青去也。4 月 8 号，我来到了盘龙城考古遗址。简直，无比，震撼：盘龙城，我的天，城郭形态完整，城墙宽广正直，城门城壕犹在，三面环水，气场通畅。关键是时间：这可是 3800 年前商代早期的建筑！关键是人物：是谁？具有如此创造力？具有如此工匠精神？连一木一石，皆重基杰构。当然，是咱中国人。差不多也可以说是咱武汉人，只因盘龙城遗址就在汉口。

正被祖先唤起阵阵自豪感，咚一声，微信来，来者李辉，著名作家，不巧说的就是古建筑古地名保护。李辉做客人民网强国论坛，强烈呼吁国人不要乱改地名、斩断文脉与乡愁，比如徽州改为黄山，沔阳改为仙桃，等等。顿时一瓢冷水，兜头浇下，自豪感变成无地自容感，一屁股坐在古老城墙上，抚今追昔，愧对祖宗。暂且不说有形有态的古建筑毁坏，现在连无形无态的中国字，也纷纷被毁，乱改地名，就是一例。

湖北沔阳县，是个古名，新石器时期，先民就已生息于这片云梦泽。大禹治水划分九州，便有了沔阳地名，时在荆州域内。然后代代有人，年年有史，笔笔皆记录在案。唐朝更添一段佳话，于沔阳出典了一句歇后语：“千里送鹅毛——礼轻情意重”，流传千年，家喻户晓。沔阳有沔阳三蒸、沔阳花鼓戏、沔阳渔鼓、沔阳皮影子、沔阳旋糖模、沔阳采莲船、沔阳玩龙灯。沔阳在明朝进士童承叙编修的《嘉靖沔阳志》里，在元代大汉皇帝陈友谅的出生地里，在中国台湾歌手蔡琴、范晓萱的籍贯里，在李小双、李大双、杨威、郑李辉等奥运金牌世界冠军得主的世界纪录里。改掉沔阳，那得改掉多少历史？真心想不通！一个已经形成历史基因、民族灵魂、文化脉络、精神家园的地名，又不碍着谁？怎么就在1986年，说是要搞撤县并市，忽然就改名叫“仙桃”了。沔阳地方百姓一下子都愣了，都觉得太突然，都不明白这是为什么。尽管30年过去了，沔阳人民从来就没有答应过这个随意的改名，无论天涯海角，一听口音，互相招呼，还是说：“你沔阳人？”答：“我沔阳人。”因为“沔阳”这个名字是两个文字，文字这个东西，是文化血液，与生养自己的土地水乳交融同为一体，早已造就，你没法答应。

李辉要求我“有空也要呼吁呀”，他哪里知道，我没空也要呼吁。李辉好榜样，他曾写过一篇《可惜从此失荆州》，也正是发在《新民晚报》，后来荆州地名居然恢复了；后来又写了《襄樊何不称襄阳》，后来襄阳地名也恢复了。虽说呼吁了前后十几二十年，相对短暂人生，感觉有点漫长有点累，但终究恢复了两个地名，也算功德圆满。我以小人之心度君子之腹，觉得李辉供职于《人民日报》这个平台非常给力，加上他文章也好，我是都不如他的，但也不妨东施效个颦，振臂呼个吁，也不枉来到盘龙城遗址一回，受了老祖宗的鞭策。

2016年4月20日

后悔药 当然有

梭罗说“一个人任何时候放弃偏见都为时不晚”，这服后悔药，我一直服用受益匪浅，也将终身服用。

都说世上没有后悔药，原本我也深信不疑。活着活着，开始怀疑。疑着疑着，就不信了。想着想着，忽一天，如盲开眼：谁说世上没有后悔药？当然有！

其实我自己，一直都有吃后悔药，效果还很不错。

我学医毕业上班三年，改行就是我的后悔药。按照通常评估，行医绝对是三百六十行之中最好职业之一，又悬壶济世受人尊重又越老越值钱，一辈子丰衣足食。况且我家几代行医，传承祖业也是使命重大理所当然。原本我也是在努力学医认真行医。岂料天意难违，我酷爱方块字，打小兴趣都集中在文学上。起初我也采取过兼顾的方式，无奈行医与写作都是很耗费心血的行当，根本无法长期兼顾。当年我一个小青年，面对家长压力社会舆论所有亲朋好友的坚决反对，实在太难了，眼泪都不知流了多少。世上大道理、天下父母心，我全懂，可是事实很简单：不写作等于人已经死了。于是把心一横，一丸后悔药吞下，不顾一切，弃医从文，彻底改行。

感谢上苍护佑，把极小概率的机遇，赏赐于我，使我得以成为专业作家，写作稿费供衣食养家小也还算够。不过即便贫困潦倒，靠写作实在无法养活自己，我再重新评估自己不迟，再去开个诊所也不迟。

后悔药就是这么存在着：离婚就是结婚的后悔药。一个不好的婚姻，当然，你应该反复地郑重地确认它的不好，然后冷静地理性地办妥离婚，你会发现，云开雾散，生活还有新天地。假如你够倒霉，新天地又发现并非新天地，那么再吞一枚后悔药，欢喜冤家，一别两宽。佛家有云："放下屠刀，立地成佛。"放下就是后悔药。不问何时何地，不管年老年少，只要某一瞬间，你懂了好歹，决了心意，做了抉择，后悔药顿时起效：你的人生，毫无疑问，将会重新开启。

宽容是刻薄的后悔药。善良是恶毒的后悔药。简单是复杂的后悔药。纯净是庞杂的后悔药。节俭是浪费的后悔药。专情是花心的后悔药。按客观规律办事是一味主观霸道的后悔药。后悔药还是常用药，可以反复服用。人生的航向，就是需要不断纠正的。谁都不可能一帆风顺。谁都不可能一成不变。谁都无需把脸板着，非得把自己绑定于自己曾经认定的那个伟大目标与光辉前程。放弃非黑即白的狭隘标准，放弃事事都搞非对即错，在两种极端之间，中庸地带无限开阔，人生充满了可塑性，人物关系同样也充满了可塑性。再婚又是单身的后悔药。单身也是再婚的后悔药。挥霍是吝啬的后悔药。出家是俗世的后悔药。还俗是出家的后悔药。吃素是杀生的后悔药。开斋又是素食的后悔药。多种选择，环肥燕瘦，无对无错，唯有合适不合适。

可能有人愿意这么理解：所谓后悔药，是指生命时间可以从头再来。20岁犯了大错，50岁明白了，后悔药一吃，人又回到了20岁。这叫痴心妄想。不叫后悔药。这叫好嫩综合征，是当前流行的一种精神病。实质上，年轻除了表皮光滑，并没有更多人生优势。大脑幼稚、经验不足、青春迷惘、知识单一、不知好歹、易狂易妄，经济实力严重不足。

作为过来人，我就不喜欢我的年轻阶段。那个阶段，犯错误是必然，少犯错误是幸运，不犯错误不可能。每次错误都要付出巨大代价。真的有必要回去吗？真的表皮光滑有这么重要吗？谁没光滑过？为什么我们祖宗辈辈传下老话，说是“浪子回头金不换”，说的就是后悔药比金子还宝贵，就算是一个混蛋或者糊涂蛋，一旦能够心灵洞开、从善如流，价值无可估量。梭罗说“一个人任何时候放弃偏见都为时不晚”，这服后悔药，我一直服用受益匪浅，也将终身服用。岂止不晚，那真是美妙，一言难尽。

2016年10月29日

广场恨

我除了恨广场，都没有力气再说什么了。

时间会把爱变成恨，也会把恨变成爱，就看你怎么做。

在广场的时间之初，我爱过它。小时候唱过一首歌：我爱北京天安门。于是青春期亢奋的心愿里，天安门广场是首选的必游之处。后来终于去了并在天安门广场留影纪念。一转眼，现在，神州大地，到处都是广场了。不仅北上广深，也不仅二线城市，只看三线城市乃至乡镇，那广场，气派得一塌糊涂。大楼前面，广场，阔大，气派，大理石铺地，还铺出图案花样来；公园——且慢，这里所说公园，概念已经完全超出公共花园的概念，也是占地面积巨大，大理石或其他什么石头铺地，粗大图腾柱，雕刻着本城精神的宣传口号，或城市形象代言人，或吉祥物，再加上人工的亭台楼阁、小桥流水、花草树木，且树木都是移栽，树龄一致得惊人，恍惚间觉得是假树。

且慢，还真有假树。由于广场巨大，觉得大树才够气派和匹配，现在广场上、周边，以及通向广场的大马路两边，不少都是假树。现在经常被广场害得很惨：全国几乎所有机场火车站，无不广场巨大，似乎它们之所以巨大，就是为了难倒旅客。让你不方便，让你受苦受难印象深刻。广场和楼宇都太大了，不得不分成ABCDE多块广场，步行的人，经常有走进广场迷宫之感。我问过人路，人也问过我路。特别是中老年人，问的时候都带哭腔了，已经累坏了。有时候走着走着，由内心的另一只耳朵传来从前的歌声：蓝蓝的天上白云飘，白云下面马儿跑——泪水忽地就涌出来了。现在我已经恨死广场了。尤其这种大广场思维方式，还带坏了一些人，自己家门口，好不容易有一点地面，无论栽花养草还是种树都好，都懒得了，直接仿效广场，砍掉房前屋后花草树木，浇灌水泥地面，然后摆张桌子，打麻将，直接磕烟灰地上，直接吐瓜子壳地上，直接吐痰地上，水泥地面的优越性就体现出来了：方便扫地。而空旷又占地面积巨大的广场，下午下班以后，实在诱人：广场舞就来了。广场舞不用多说了，我写过的。无论从哪一方面说，它都是一个可怕的东西。无论是横向比较五大洲四大洋的人民，还是纵向比较我国上下五千年。哪有广场舞？！

我并没有糊涂到把城市当作草原。别和我争论说中国人口众多城市太大。正是因为人口太多，才应该留下更多土地资源。正因为城市太大，更应该让市民生活方便。我去过纽约中央公园了。我去过伦敦海德公园了。我去过巴黎卢森堡公园了。所有大公园，首先就是有着大静谧。我也去过香港最小的街头公园，虽小却好，也静静的，有真实的大树和小树。香港人酷爱安静到连公园喧哗的声音都有法律规定，到处挂牌子：请注意降低声浪。而发出噪音的，将会受到检控。这些真正达标的国际大都市，人口数量和游客量，都远远超过我们，但是这些个巨大无比的公园，都是真实森林，都没有光秃秃、巨大的大理石广场，而且纽约中央公园，当年还是一位诗人提出的建议，当时纽约正在高速发展，摩天大楼正在快速兴起，这个时候纽约政府居然没有认为诗人太感性化，而是给予论证并积极采纳，使得寸土寸金的纽约市中心，有了一个巨大的都市绿肺，现在每天都有十几万的市民与游客徜徉其中。就连公园附近，举世闻名的大都会博物馆，门前也没有大广场，人们下了地铁公车，分秒钟就走到，上台阶，就进大门，大广场都节约给了公园绿地。

土地资源的珍稀，是不用说的了，用一块少一块。土地是生命源泉与摇篮，也是不用说的了。人人都知道，满腹大道理。别人家的例子，也举不胜举。轮到自己，不知道为什么，就是要可劲儿糟蹋土地，可劲儿修大广场。我除了恨广场，都没有力气再说什么了。欲哭无泪了。

2019 年 5 月 19 日

我选择向日葵的唯一理由，
是因为，再没有谁比它
更酷爱自己的选择，
坚定地朝着太阳旋转。

第五辑

我选择信仰向日葵

撞上无知的天花板

脑子里头冒出春笋般尖利的想法，让你感觉哪里哪里都刺痛，你只好赶紧放下手中的事情，抓起笔，就近一张或半张白纸，把那些刺痛你的字字句句，飞快拔出来。

愚蠢无底线，可以蠢到死。应该说我在这方面颇有体会。因此现在的我，常常能够体会到，我并不是完整地全部地活着；那些已经丧失的部分，大部分就是蠢死的。蠢死了，你就一点办法都没有了。

无知有高度，高到你无法估量它有多高。直至你自恃科技超发达、知识超丰富，恣意妄为地、飞扬跋扈地，撞上它的天花板。无知那一面坚固的天花板，便足以让你的名字顿时失效，你直接就叫作“代价”了。这一次，人类就撞上了一枚蛋白质分子，我们称它新冠病毒。人类惊愕地看到：新冠病毒连活生物体都算不上，仅仅只是覆盖着一层脂肪的 DNA，但是人类的眼黏膜鼻黏膜和颊黏膜，都是那么容易吸收它。它一旦进入人体，立刻就转换成为攻击者。为什么？不知道。新冠病毒是我们的无知。正由于它不是一个活生物体，所以它不会被杀死。我们只能哀叹：一般说来，蛋白质分子应该是非常脆弱的啊。它应该能够自行降解啊——当遇到对它不利的生存环境。那么，什么生存环境对新冠病毒不利呢？不知道。现在人类看到的只是生存环境对人类不利，只知道依赖我们过去的经验连猜带蒙：戴口罩、勤洗手、少聚集吧。如何让它自行降解？尤其是在已经感染了的人体体内？不知道。只知道这种药那种药可能有点作用，还是连猜带蒙。另外还得祈求上帝，保佑人类好运。

武汉连续 13 天零新增了，正当我们准备笑靥如花的时候，今天，武汉市又冒出一例新的确诊病例。还是今天，全世界新冠病毒肺炎病人累计已经超过 400 万，死亡人数已经超过 28 万。而事实上的、次生的、衍生的伤害与损失，已无法估计。最好现在就谦卑地承认吧：新冠病毒是我们的无知，生物界是我们的无知，大到宇宙小到人心，其实都是我们的无知。

撞上无知的天花板，头破血流跌落尘埃，对我倒是有点好处。这就是：脑洞大开，眼界大开，自审意识大开，《封城禁足 99 天脑子闪过些什么》，也就写出来了。写作的最初，并没有想到这是小说，很随性，主要是脑子里头冒出春笋般尖利的想法，让你感觉哪里哪里都刺痛，你只好赶紧放下手中的事情，抓起笔，就近一张或半张白纸，把那些刺痛你的字字句句，飞快拔出来。

写到一定程度，我发现并认为这可以是一个中篇小说。

2020 年 5 月 10 日

另一种珍视

我开始珍视残缺。珍视舍弃。珍视批评。珍视本该得到却被失去的东西。珍视自己做的错事或是蠢事。

终于，拿到新书《大树小虫》样书了 。40万字，捧在手里，沉甸甸的。飞快翻翻，溢出一股新鲜书香。原本以为，终于拿到新书，会潸然泪下，因为实在是来之不易，近乎十年的构思，近乎五年的写作，近两年的一改再改、再改、再改……此前多年的写作，我都是一气呵成，从来没有遭遇反复修改。然而，我没有潸然泪下。我只是放下了手头的所有事情，手机静音丢一边，坐下来，开始静静阅读自己的新书，这是比流泪更郑重的了。

《大树小虫》的写作出版，对我来说，非比寻常。原本以为，已经构思好的长篇写作，无非是一项重体力劳动，而写作过程却让我发现，它更是一项重脑力劳动。十年的写作，耗掉了一个人生，开始的，又是一个人生。《大树小虫》写三代人，历时近百年，我避开了传统的或者经典的线性叙事，设计了方块加直线的不对称结构。我写一个个的个体生命，写他们在时空这株巨树上的奋力前行。由于时空弯曲，人物关系也就相互纠缠、互相碰撞、互相影响，甚至可以借用物理学的量子纠缠来想象，对于我来说，这是一个高难度动作。高难度动作还必须一再重复，那就是修改。情愿以及不情愿地修改，都异常艰难，充满考验，还充满遗憾。幸亏在这种磨炼中，我领会到了另一种人生新知：珍视遗憾。

以前我的珍视，更多地投向那些一气呵成、很快出版、纷纷获奖的作品。珍视获奖。珍视圆满。珍视夸赞。珍视好运。珍视昂贵。珍视好东西。写作这部长篇的这十年来，遭遇了种种以前从来不曾遭遇的写作教训与人生教训，遂我逐渐知道了另一种珍视。逐渐地，我开始珍视残缺。珍视舍弃。珍视批评。珍视本该得到却失去的东西。珍视自己做的错事或是蠢事——比如在当今这个碎片化阅读时代还坚持写作洋洋几十万字的大长篇，客观看起来，是不免有点蠢的，蠢我也十分珍视。我学会了珍视最日常的与昂贵毫不相干的普通东西。夏季到了。我会发现那把老旧蒲扇破损了边沿，某一时刻，我会搁下笔，端来针线盒，坐在迎光的亮处，穿针引线，为蒲扇镶边，其实网上大有新蒲扇可买还很便宜，原是我珍视这亲手缝补，又是珍视这蒲扇的贴身跟我多年。我喜欢针线，从容不迫，将破损缝补一新，我希望我能够这个样子，耐心修补《大树小虫》，也耐心修补自己人生的破损——我更珍视我还存有这种希望。某些事物也的确有意思：许多次，写作冲动会沿着针尖倏然升起，扎得我一跳一跳，只得放下针线，赶紧伏案挥笔，从针尖到笔端，两不相干却又紧密相连，文学灵感竟在最平常的事物里抽象地闪现，仿佛神迹，这简直太值得我的珍视。所以直至最后完稿，尽管我看《大树小虫》还远远不够圆满，可我学会了珍视这不圆满。

许多的珍视，交集起来，变成了一种感恩。我感恩《大树小虫》的成书过程。我更感恩江苏凤凰文艺出版社友人坚持了十年的约稿与十年的惦记。我感恩天长日久持之以恒的写作，既给予我工作的喜悦，也给予我人生的磨砺，还力挫了我的骄娇二气。我的获得远远不止出版了一本新书，更有我对事物另外一个方面，以及多个层面的认识与理解，更富于智力与理性的认识与理解，而这一点，或许正是我的救赎之道。也是我在《大树小虫》的人物命运之中埋伏的这么一个道理：另一种珍视，恰当的妥协，在某些时刻，或许也不失为人生一种不可避免的选择。我奢望有读者能够读出来，并对他们的人生有益。

2019 年 7 月 15 日

不可名状的幸福

这些文字，往往却只是一枚停留在最美阶段的花骨朵，或者只是一句束之高阁的诺言。

文学之于我，不可或缺。我不是在写，就是在读，或是在想。大多数的想，是胡思乱想；大多数的写，是信马由缰：一段话、一点心得、一则自以为是的奇思妙想、一篇宏大或不宏大的构思与计划。动笔的冲动，总是突如其来，脑袋发热，眼睛发亮，下笔有神，不可遏止，心里头充满洋洋自得，暖乎乎的。而往往这些文字，却只是一枚停留在最美阶段的花骨朵，或者只是一句束之高阁的诺言。天长日久，它们静静聚集于书柜一隅，则很像一群落入尘埃的折翅天使了。也正因为如此，它们既避免了形成成品之后才会被发现的诸多缺憾，也避免了世人的指责评说，还一直让我保有期待之美——

谁知道哪一天灵感又会突如其来，动笔的冲动会与从前文字再续前缘呢。

最有意思的是那些文学灵感在脑海里奔腾翻涌、流光溢彩的时刻。那些虚幻时刻，一次又一次地，给了我切实的兴奋与愉悦。这种文学幸福，神仙一般，不在俗世，不可名状。

2019 年 10 月 18 日

我的叛逆来得有点晚

我的叛逆来得有点晚，叛逆的副作用也发作得够厉害，正如儿时发过了水痘最好，老大不小了再发水痘，是一件很危险的事。

感谢年龄的增长！时至今日我才知道：写作的意义与作家的关系，在不同阶段，意味是完全不同的。

许久以前，我9岁，抑或10岁？那是我第一次动笔写长篇小说。因为9岁那年我遭遇灭顶之灾。在全校大会上，我被取消宣传队队员资格，当着全校师生的面，被指名道姓喊出列，站到另一边去，那是“可以改造好”子女的队列，也就是“黑五类”学生队列，这个队列是重点批判的对象。这个“黑五类子女”大帽子一戴，其打击对于一个9岁孩子来说，基本就是灭顶之灾。愤怒出诗人，于是我也就暗暗写作起来了。而且上来就写长篇，发誓要把自己的遭遇，一笔一画，详细且真实地写出来。当然，这个长篇没能写下去，写实笔法连我自己都胆战心惊，生怕被人看见了举报和遭遇更猛烈的批判，就连草稿都无处藏匿，悄悄用手绢贴身缝一只口袋，随身携带着草稿，可是夏天就要到了怎么办？万一被人查抄出来怎么办？那可是不得了的事情啊！某一天偷偷跑到湖边，一页一页撕掉，一边流泪，一边将草稿碎屑沉水。但是少年一根筋的那种强烈意气与拼死反抗精神，一直支持着我酝酿构思和暗暗练笔，一直到我下放农村，然后又从农村抽调回城，进入冶金医专读书。上学不久，欣逢盛世，一个新的春天来到了，终于，我得以在 20 世纪 80 年代的新时期文学热潮中乘风破浪，一举写出了大量新写实小说，简直是“好风凭借力，送我上青云”。那时候我写作速度之快，下笔如有神，基本就是短篇不过夜，中篇不过星期，长篇不过两三个月。

然后一晃，就是写《大树小虫》的时候了。时代已经完全变了。社会人物关系已经完全变了。文字语言的表述方式已经完全变了。人们的文学审美方式以及写作阅读方式，都完全变了。小说一下子转不过弯来，被噎住了，被闷住了，被变得不好看了。无论是传统写作、经典写法，还是新闻碎片式记录，似乎都产生了严重的阅读不耐受。那么我写《大树小虫》，得对自己来一次革命了。

我的反抗起来了。我想反抗长篇小说的传统与经典模式，反抗自己写得太顺手的习惯。于是从最初构思，到最后的完稿，足有十年。这个十年的写作，我的叛逆爆发。极其不对称的结构是否有审美效果？去掉所有拖累语速的虚字虚词是否能够让小说人物更有行动感、现场感和直视感？阅读代入感是否可以因为更注重动词运用而得逞？细节的复调式回环是否能够让人物形象得以互相补充互相渗透互相完满？而读者对这种复调式回旋是否还有耐心阅读？等等等等。只是我的叛逆来得有点晚，叛逆的副作用也发作得够厉害，正如儿时发过了水痘最好，老大不小了再发水痘，是一件很危险的事。是的，我做了一件危险的事。我终于写完了《大树小虫》。我患了一场迟来的水痘。

2019 年 6 月 25 日

我的写诗简史

有生之年，不再屈服于羞辱，不再过度害怕他人，

自幼写诗，胡乱几句。记不住具体年龄，只记得行为诡秘。写毕藏入小木箱，藏入即飞快落锁。“文革”抄家，小木箱失踪。按“文革”大事记推算时间，我人生第一批诗稿，应写在十岁之前。

小木箱失踪，胆战心惊，惶惶中更加依赖写诗安慰自我，不料课堂上被同学抢去纸条，告发校方，“……该女生本属‘黑五类’子女，校方革委会还是以教育为主，将其划入‘可以改造好’之列，但其不思悔改，小资情调特别严重，不断书写‘道德败坏仇视人民对抗文革’的资产阶级东西，腐蚀广大同学的革命意志。……经学校革委会研究决定给予处分。处分一：立即开除出毛泽东思想宣传队。处分二：不准许升入初中。”以上文件，刻骨铭心。母亲亲自到学校接受处理，黑着脸埋着头奔出校门，当街读完这份文件，一

把拽我到面前，怒目喷火，举起巴掌，咬牙切齿说：“太丢脸了！”末后宣布：“你要是再鬼写鬼写，看我不砍断你手！”

天塌地陷，世界末日。那一天，那一刻，那些文字和声音，深深烙印在岁月之中，永不消逝。那一年我 12 岁。

背起书包，四处流浪，异地借读。借读生没有资格领取课本，最重要事情是每夜抄写借来的课本并装订成册。自然无暇也不敢偷偷写诗，但慢慢揣摩到可以把诗句变异，现身在公开的作文之中。于是作文成绩好得出奇，经常满分，经常成为全班范文。这是 12 岁至 14 岁。

高中时期，语文成绩的优异令我蜚声校园内外。语文老师兼班主任在自豪之余，不免偶尔充当我的保护伞，便以一丝宠爱抵挡万般羞辱。百感交集，诗兴大发，不过此时已经学会保护自己，只在课余时间，只在江河湖畔，只在无人处，肆意狂写，写完即撕成碎片，统统撒入水中。这是 15 岁至 17 岁。

末代知青，集体住宿，四周全是监视之眼。只写宏大话语，类似“鸟不高飞啊，怎知蓝天之阔，人不远行啊，怎知世界之大。”这是 18 岁至 19 岁。

招生回城，就读冶金医专，学习卫生专业。“文革”结束，新时期文学春雷滚滚，写作灵感如火山爆发：诗歌、小说、散文、童话、神话、寓言，什么感觉来了就写什么。所有暗伤，都化作涓涓诗流，写满一个笔记本又一个笔记本。这是 20 岁至 23 岁。

为代表班级参加某个大型赛诗会。我在食堂，一边吃饭一边笔走龙蛇，写了一首《雷锋之歌》，由耿海倾同学，在武钢工人文化宫登台演出，该同学天生好嗓音，又在红小兵毛泽东思想宣传队演出多年，一番声情并茂朗诵，打动无数人心。一位文学杂志社编辑，恰巧在现场，恰巧被打动，因此我的诗歌顺利变成铅字，获得公开出版。从此，约稿从大江南北纷至沓来。由自己一首最浅薄最装腔作势的诗，我走进了写作生涯。这是 23 岁至 26 岁。

弃医从文，再度入学。于武汉大学学习汉语言文学。同时恋爱来临。恋爱带来茂盛诗句，也带来再度羞辱。诗稿本被偷走，被传阅，被羞辱。最糟糕是被法庭采用为判罪证据，友人被判有罪，锒铛入狱。

某个黑夜，我第一次，烧毁诗稿，中断写诗，只写小说。这是 26 岁至 28 岁。

小说获得全国性反响，写诗欲望故态复萌，但绝对只是私下写写，绝对不公开发表。这是 29 岁至 30 岁。

第二次烧毁诗稿，在 16 年婚姻结束之后。

走出婚姻，个人空间日渐宽阔。靠文友极力怂恿，试着让私藏的诗歌面世。诗人海男对我鼓励最多，我的诗歌在她的《大家》也就发表最多。但依旧杯弓蛇影，十分畏缩。这是45岁前后。

第三次大规模烧毁诗稿，大约是在五六年前。某个漆黑凌晨，忽地就害怕被人发现诗稿，忽地就觉得无地自容，忽地就认定所有诗句的最终意义是“无”。

2014年8月至11月，我参与了美国艾奥瓦大学国际写作计划。住在艾奥瓦河边，每天傍晚在明艳的秋色中慢跑，天空总是蓝得叫人想哭，云朵总是白得叫人想笑，空气新鲜得总是让人脑洞大开，诗如泉涌，总是。临别与友人聚餐“水电站”餐馆，酒壮怂人胆：我得出版一本诗集。

2015年，整理诗稿，约见陈垦。之所以选择陈垦的上海浦睿文化，一是信任他们的文学质地，二是信任他们的制作精美，三是要让自己受到一个认真负责出版合同的约束，以免一时冲动，再来一把火，销毁所有诗句。

暗暗，更有一种期待，那就是：诗集一旦出版，恐惧不治而愈。有生之年，不再屈服于羞辱，不再过度害怕他人，不再总是更多地感知生存的可憎。

平和降临，终于。

2016年4月2日

内心深处与多重视角

未曾料到的是：写作了几十年以后，却还在寻找内心深处的途中。

仿佛一个智力游戏，多年来，我会时常把玩，当然也会认真琢磨：汉语言文字究竟是一种怎样的文字？字与字之间采用怎样的结构，才能最贴切表达你要表达的表达？你要表达什么？你表达对象处于什么位置？你表达的对象，往往有多重位置，他们有“心”，还有“内心”，还有“内心深处”，等等。

早年学医时候，生理解剖考试，面对一颗福尔马林浸泡过的心脏标本，我能够顺利找到心室、心房、瓣膜以及主动脉、主静脉，这是心。那么内心呢？内心深处呢？在哪里？我完全找不着。这颗标本心脏也曾经鲜活，也曾经与所有人的一样，还有内心与内心深处，如果说它们并不呈现在解剖台上，那么它们究竟藏在哪里呢？哦！它们藏在另外维度！它们藏在精神世界！藏在灵魂层面！或许，文学比医学更能够捕捉它们！这闪电般的联想，在那一瞬间，足以让当时的我，那个狂热文青，欣喜若狂并最终弃医从文。未曾料到的是：写作了几十年以后，却还在寻找内心深处的途中。一次又一次，还在攻克这个难关；却也欣喜于有这么一个难关需要不断攻克。毕竟，一个人终其一生，玩不腻的游戏，实在不多。这个中篇小说《打造》，正是我再一次的寻找。

《打造》写当下一对年轻人。在他们的二胎受孕过程中，意外遭遇了生殖困境。年轻人心思浅，内心容易暴露出来，而他们的内心深处，却也是深藏不露的。往往，年轻人并不自知那种深藏不露，所以他们表面上十分无辜，装得天真无知，我必须深入天真无知去探求他们的内心深处。以及，潜入与他们息息相关的家族所有男女老少的内心深处。

在这里，男女双方两个家族所有男女老少，看起来都是家族繁衍的积极支持者，实质上却正是年轻人生殖困境的种种因素。于是，多重叙述视角来了。如果仅仅只是从这对年轻人的视角叙述，是无法深入每个人内心深处的。内心深处与一般心情一般常理一般常规，大相径庭。内心深处十分诡异，它在瞬间的决定，瞬间支配的举止行为，甚至令当事人自己都不敢相信。正是每一个人的内心深处都蜿蜒曲折，生活表面的交叉小径上，才呈现出一团乱麻的迷宫般困境。

同时还有非常重要的技术问题：这么一大堆乱七八糟的内心深处。如何结构汉语言文字，才够恰到好处呢？长句？短句？长句只要含两个以上动词，翻译腔就很重了。那么短句吧，一个动词主宰一句，但又容易显得为短句而短句。尽量去掉虚词吧。虚词拖累语速，拖沓内容，文人腔调，不是我故事的人物所使用的语言。大肆砍掉“的地得”吧，哪怕看上去似乎出现了一些校对错误，《现代汉语词典》肯定不高兴，但是语言这个工具，难道不就是在使用中不断变化的吗？

好吧，豁出去了。

2019 年 12 月 26 日

爱是终身的事

我渴望的是在有生之年，在现实生活中，相逢一笑泯恩仇，终身彼此美如玉。

在我的写作生涯里，最尴尬的，莫过于猝然遭遇集体笑，一种周围人十分默契，世人皆醒我独醉的笑，大家集体善意的笑，这种笑，即便我作为善于使用形容词的作家，也形容不出来。只能实事求是客观描述：比如我有一个小说《有了快感你就喊》，一旦有人报出这个书名，周围人们便集体附和一笑，笑得暧昧且诡秘。最近湖南文艺出版社出版“走向世界丛书”，我这个小说在法国反响特别好，就以这个小说名作了小说集的书名。但是最后审查过不了，责编来电要求我换一个书名，我问为什么？为什么？责编万般无奈，说：“你懂的！”

可是我不懂！

有了快感你就喊，我承认，快感这个词，会出现在性生理活动中，但同时，更大量发生在普通日常生活的衣食住行中，发生在阅读或创造等艺术活动和精神生活中，发生在医学治疗和研究领域，发生在体育运动以及各种赛事里。我小说本身，是描写一个备受现实生活打击和压抑的男人，最后准备离开妻子孩子远走高飞去遥远的外地投职。就在不远的前几年，小说的出版、转载、获奖、改编、国外翻译并出版，都十分顺利。可是不知道怎么回事，私下里一次次地，总会遭遇大家的集体笑。乃至几年后的现在，连做书名的资格都被上面否定了，可是它原本就是一个书名呢。老天爷，我茫然！

再说我新近出版的诗集，其中有一篇诗歌，题目是《爱是终身的事》。大家一听，叫好，喝彩，然后随便问一问："这诗是新写的吗？""是的。""哦人老心不老啊！"大家就集体一笑，旋即扯开话题。显然大家之中还是有人，不忍当场看我一脸懵懂与万分尴尬。

爱是终身的事。我不知道大家是否究竟想看我写了什么内容吗，也不知道大家究竟在猜测我写的什么意思，因为文字已经诞生，它那样在着了，白纸黑字，还有难猜的吗？爱有很多种。爱有很宽。爱有很高。爱有很长。爱有很细。爱有很深。爱有很轻。爱有性爱。爱有情爱。爱有友爱。爱有痴爱。爱是一种信仰。爱是一种宗教。爱是一种爱好。爱还是一种处世哲学。更可以是一种人生哲学。因为与爱相对的是恨。如果说由爱支配的行为是天鹅绒，那么由恨支配的行为则是刀枪。不喜欢刀枪棍棒骂街吵架的人，一辈子就喜欢天鹅绒，这有什么错吗？这有什么不恰当吗？难道爱仅仅就只能是性爱？

人生除了阶段性生育，还要从事无数事，相处无数人，处理无数矛盾，面对无数不喜欢你、你也不喜欢的人，甚至敌人。人类亿万年了，太阳每天都升起，世上再无新鲜事，都是发生过的，都是行为模式。问题在于，行为模式受大脑支配的时候，你大脑里的生存哲学是什么？这个是最要紧的。我，一个两千五百年楚国的后代，只不过好希望历史可以重启，顿时展现和恢复锦衣玉食、歌舞升平、充满创造力的生活，好希望秦王并不是采取屠城的方式，让楚国人头滚滚、血流成河，而是以更加文明开放宽容的姿态进行战后重建。大家开会、协商，哪怕吵架拍桌子扔鞋子吐口水，最后选择一种最适宜广大人民的方式：这就是爱。

在我到今天为止的生涯里，受欺负、被羞辱、挨批斗，同学可以肆意泼我墨水；同时我也充满恨，学会打掉牙吞进肚里，忍受胯下之辱，出人头地，然后终于有一天，我发现，不可能有这么一天，你会再次出现在高中的教室，很牛地站在全班同学面前，或者全校学生集合，你在他们面前光鲜地放声大笑，可以笑出他们的灰溜溜来。同学早已经风流云散，杳无音讯，以前在大街经常遇见的同学，有一天再也遇不到了，大街小巷都是新一辈人的同学了。恨却是可以郁积在心，生成疾病的。我二十出头动过一次大手术，割出来的肠道肿瘤，已经石化，且是红色。我知道那是由我的恨交织而成的血肉。因此我一辈子身体都强壮不起来。从无数次的恨里，我逐渐明白了我得放弃恨，选择爱。哪怕是出于最自私的目的：自救。也要选择爱的方式，来处理最棘手的问题。刀枪杀来，我用天鹅绒抵挡；咒骂掷来，我用天鹅绒抵挡。我不碰刀枪。我不启动互害模式。互相残杀的惨状与狼狈，几千年来，我看够了。遍体鳞伤的胜利者，终究是一身伤疤。秦皇汉武今何在，荒冢终究逝水流。我渴望的是在有生之年，在现实生活中，相逢一笑泯恩仇，终身彼此美如玉。

当然我知道，我这么做，别人不这么做。别人不仅不理解，还会破坏你攻击你侵占你掠夺你。斯时斯刻，我还可以用天鹅绒抵挡吗？就连我自己，能否言行一致，能否坚持到底，都是如此艰难。正因为如此，我才以诗言志，写了《爱是终身的事》，以自勉，以自律。

是的。爱是终身的事。这首诗献给我爱的人，也献给我恨的人，还献给所有读到它的人。哪怕没有一个人接受，爱也不会落空。毕竟爱，首先是我自己灵魂的需要，是我自己渴望做人的需要。而这一切，上帝看着，我深信。

2017 年 12 月 12 日

总是在不可触及处闪光

我还是一直努力走进自己内心的暗处，我还是奢望能够创造出一些优美而忧患的文学意象。

我最想说的，总是在不可触及处闪光，就像当铺里的，银子。

有银子的当铺，有当铺的银子，早已消失于我们的社会生活，却有特朗斯特罗姆的诗句为我唤醒记忆。这种记忆并没有作为事实发生在我的个人生活中，而是以一种优美又忧患的文学意象，将更为久远的生存真相呈现于我。历史光芒的折射，又让我看见了自己的生存真相，生命时间由此产生波纹荡漾，每一分钟的厚度宽度深度皆有一再开拓的可能性，个人生命因此变得更有意味。这种意味，对于作为作家的我，无疑是更大的天赐与恩惠。而文学又是如此无边无际的大海汪洋，每一片波浪都富含文学意象，对人类生存真相的追踪、探究与触碰，就成了获得更大天赐与恩惠的钥匙。人类生存真相总是深深隐藏于那些最深的沟壑、皱褶与裂纹。对于我来说，要想抓住真相，领悟真谛，用文学写作表达出来，是终其一生都必须认真学习、悉心辨析、慢慢写作的。

生存真相让文学具有了迷人的永生性。文学也让生存真相具有了迷人的永生性。这就是为什么我是如此迷恋生存真相。多年来，如果我不是在点点滴滴扒开浮尘，千方百计窥探追索，绞尽脑汁获取新知，那么我多年来夜以继日地伏案，多年来不计成本地反复重写，还能怎么解释？如果我不是在这样一种写作状态中，不断生发新的思想、新的觉悟、新的激情，并不断尝试新的写作，那么我的作品，又有什么意义？

“寻找自我”已经是一句老掉牙的俗话了，但是就像很多老东西一样经久耐用。最近，我从自己的性别经验与感受出发，侧重阅读了我作品中关于探究女性生存真相的部分文字。遗憾的是关于女性生存真相，我最想说的，还是在不可触及处闪光，就像当铺里的银子。不过我还是力图说出一些什么，我还是一直努力走进自己内心的暗处，我还是奢望能够创造出一些优美而忧患的文学意象，更准备日后的写作，能够来一次狠的，狠狠的。

2017年2月2日

醉眼看花冷眼看楼

在如此漫长的、持续的、狂热的喜爱迷恋之中，曹雪芹本人身世、经历、年龄，包括最基本的生日与卒年，都更加扑朔迷离，烟云模糊。

不止一次，法国人向我提问。问题是："《红楼梦》应该是神话小说，因为贾宝玉是石头变的，林黛玉是小草变的，原名《石头记》，不是吗？"

我只能回答："是的。"

但是！在中国国情和语境之下，《红楼梦》就不是神话小说了，是现实小说。《红楼梦》当然具有小说的虚构特质，而作者所作发出的"满纸荒唐言"，确系作者现实生活中的"一把辛酸泪"。只因中国古代的文字狱，作者不得不以似仙似鬼、装疯作痴的结构和曲笔，来保护自己书写的权利。尽管作者认为“都云作者痴，谁解其中味”。其实，纵观两百多年来，中国读者对《红楼梦》始终不变的迷恋，不难证明，读者几乎个个都解其中味，都会在《红楼梦》中看到作者身影，也看到自己身影，还看到尽管是在清朝鼎盛时期的康乾盛世，社会生活与家族兴衰与个人命运，依然凸显的是人类悲剧，是一曲永恒的隐喻与警示：树倒猢狲散，白茫茫大地真干净。爱情总是甜蜜但悲剧。家庭总是热闹但孤寂。红颜总是漂亮但薄命。算计总是聪明但终会落空。情圣总是痴情但终会看破红尘，到头来总不免要抛家别子遁入空门——或者尽管没出家，但是心也出走了，还是相当于抛家别子。家，在中国文字里的原意是有屋子有猪，是物质的，是一世俗结构。这与英语的结构有着极大的文化不同：英语是父亲 father，是母亲 mother ，然后合二为一形成家庭 family，这个指向应该是男女二人的共同使命了。

《红楼梦》写了 975 个人物，其中有姓有名的为 732 人。从皇亲国戚、达官贵人、富商巨贾、佛僧道学到村姑戏子，所有人物，无不惟妙惟肖，细节真实，囊括社会与个人、肉体与灵魂的高度客观与无限意味，生老病死，惊心动魄。以至于两百年来无数读者因为红楼的真实与知己，产生深刻共鸣，《红楼梦》便如此骨肉紧密地存在于中国人的现实生活之中。这就是为什么进入当代以来，《红楼梦》不仅有了更多的出版，还有了更多形式的改编，有电影、戏剧、电视剧、舞台剧、说书、绘本、连环画，等等。

《红楼梦》，作者曹雪芹，写于中国清朝的乾隆年间。迄今为止，足以作为历史作凭据，其来源脉络清晰的，有两个版本。

一个版本为庚辰本《石头记》，完整书名叫作《脂砚斋重评石头记》。是在1932年的年初，一位名叫徐星曙的先生，在北京隆福寺书摊，以银洋八元买得的手抄本旧书，书中署有“庚辰秋月定本”字样。庚辰是年历。中国除了有世界通用的公元纪年之外，同时自有古老而玄秘的纪年历法，以六十甲子为一轮，一轮六十岁。这本在旧书摊淘得的手抄本石头记，所记录的“庚辰秋月”，推算过去，也就是中国清朝时代的乾隆二十五年的秋天，即公元1760年秋。由于曹雪芹的卒年有两种不同说法，现在我选择曹雪芹去世于1763年2月12日的这一种说法来进行判断，那么，这本庚辰本《石头记》，应该是在曹雪芹去世之前两年多的时间里，最后批阅增删的定稿本了。这个定稿本写到了第八十回，全书并没有写完。可惜书未成，人先死，曹雪芹贫病交加，无钱就医，偏又遭逢他的幼子夭折，事事皆令雪芹伤心欲绝。据说雪芹其时是泪尽而逝，十分悲凉。而且，偏偏曹雪芹又是死在中国最隆重的一个节日里：除夕。也就是大年三十。这一天家家户户亲人大团圆，热热闹闹围坐吃团年饭。曹雪芹死在这个时辰，则更是显得凄寒孤苦了。然而，尽管《石头记》尚未完稿，却早已经流传坊间，被文人君子热烈传阅与传抄，赢得许多读书人痴爱。而就这八十回的《石头记》，曹雪芹已经写作了十年，其间多次品评修改，多处点评竟用朱砂写就，在白纸黑字的页面上煞是惊心醒目，果然“字字看来皆是血，十年辛苦不寻常”。

另一个版本的出现，是在庚辰本的31年以后，清朝乾隆五十六年，即公元1791年。彼时的一个出版家，名叫程伟光。他将另一作家高鹗续写的后四十回，吻合于曹雪芹的前八十回，合二为一，全书出版，书名变更为《红楼梦》，正式出版。

以上两个版本，应该就是流传了两百多年直到今天，无数版本的摹本和依据。当然，在这两个版本之外，在255年乃至更长的时间里，《石头记》以及《红楼梦》一书，涌现出无数的坊间善本、诸家秘稿、石印戚本、蒙古王府本，等等，卷帙浩繁，差错间隔，不一而足。从古至今的续写者，也不计其数。研读者与考证者人数之众，难以计数。以至于后来的文学理论上形成了“红学”一说。也由此产生了终身研究红学的专家，号称“红学家”。红学家之间又有流派分歧，各执己见，见仁见智，纷争不休，各自著书立说。总而言之，我们姑且把这些文史与社会现象，都归结为中国读者对曹雪芹与《红楼梦》的喜爱和迷恋。在如此漫长的、持续的、狂热的喜爱迷恋之中，曹雪芹本人身世、经历、年龄，包括最基本的生日与卒年，都更加扑朔迷离，烟云模糊。

简而概之：这套1981年，由上海人民美术出版社出版的《红楼梦》连环画，又恰恰正是本人曾经拥有，但因借阅而散失，留下的一份遗憾。今有缘为本套连环画的法文译本写序，也是一种对我本人遗憾的弥补，自然十分陶然欣然。

最后要说明一下的是：中国小说来得很复杂。似《红楼梦》这部如此现实的小说，曹雪芹是以神话故事来写的：贾宝玉是一块石头转世下凡，林黛玉则是一株仙草转世下凡。就不足为怪，可以理解了。

根据众多考证，可以见得，《红楼梦》颇有曹雪芹个人生活经历的踪迹。可能正是因为亲历，为避讳，为禁忌，为慈悲，为逃避文字狱，或许为只有作者本人知道的原因，曹雪芹采取了亦真亦幻，“假语村言”的语言方式，充分利用了象形文字的暗示特点，把真话，非常婉转地告诉世人。而世人想要明白，得细读，还得读上不止一遍。于是连环画，就具有了它独特的优势：直观。为《红楼梦》这部浩繁曲折隐晦的小说，抽象出主要线索的视觉信息。而且中国清朝的服饰、建筑、器具、人物行动等等，被绘画展现出一望而知的中国美感。

我衷心期待法国读者能够喜欢这套《红楼梦》连环画。

2015 年 6 月 17 日

又见《简·爱》

阅读是一种纷纭的季节，不按常理出牌，春天说到就到，斜刺里就冒出青青锐竹几枝，纵横都是思想的新意。

趣事多在平常中：这一次，英国企鹅公司在中国重新出版中译本《简·爱》，请我写个序。我以为，这不过就是我日常工作之一项。意外的是，当我安坐窗前，重新翻开《简·爱》，忽然一股波澜扑面，厚厚的小说，再也放不下来。一场郑重阅读发生了。看来，阅读是一种纷纭的季节，不按常理出牌，春天说到就到，斜刺里就冒出青青锐竹几枝，纵横都是思想的新意。

大约可以这么说吧，自从《简·爱》在1936年，由上海生活书店首次出版中译本，到1952—1962年的几次重版，然后与中国读者一起经历十年“文革”的禁读，然后1980年再次面世，英国女作家夏洛蒂的《简·爱》，蜿蜒曲折地存活于中国读者内心深处，成为一代代中国女孩永远的爱情经典。那些身体有一些病愁且有一些文青情调的；那些身世有一些孤单且又充满感性热望的；那些人格有一些清高且鄙视俗世的；那些才貌自视卓绝却命运多舛的，无有不读《简·爱》，一读，就把自己变成了简。不管眼下多么不顺利，反正最后总归会遇见真命天子罗切斯特，颇为励志。就这么读，也是一种好，青春读法，用粉色梦幻安慰灰色现实，每一天似乎过得快了许多。

《简·爱》读法，却还有成熟与深入的一种。那就是：不再有青春迷惘，不再误将中国当英国，不再把自己装成简，不再把男人装成罗切斯特。直接就当《简·爱》是一部小说。翻开书页，眼睛和心神都一一安放，一路跟着文字走，不慌不忙读下去。原来，《简·爱》是英国一百六十多年前的现实社会。那个时代，正由维多利亚女王强有力执政。这位英国女豪杰，让资本主义突飞猛进，科学发明鬼斧神工，商业利润滚雪球般增长，社会各种细胞空前活跃，一部分人飞快赚到了不可思议的巨额财富。审视与批判也接踵而来，马克思对所谓的曼彻斯特资本主义，发出了激烈的质问和抨击。一时间，社会各阶级的思想与行为，都异常的尖锐，敏感，相互碰撞也各自自省。巨大的贫富差距使穷富矛盾日益尖锐，而不穷不富却又温文尔雅、洁身自好的小资产阶级，自然成为社会的缓冲剂。小资既用温婉的人道主义精神消解暴力革命，又十分清高地以宗教信仰、良心美德来鄙视大资，暴发户的利欲熏心贪得无厌，在坚守优雅的小资面前，总不免自惭形秽。庞大的小资阶层，成为资本主义暴发时期最可爱的人。于是，夏洛蒂，这个生于1816年，死于1855年，只活了39年的女作家，这个出身于小资家庭、天生一副小资灵魂的文学才女，正可谓恰逢其时。她那躁动不安的青春，她那视金钱如粪土的孤傲，她那骨子里头的逞强与反叛，她那自尊自爱自恋与刻薄，都化身为小资女子简。又恰好呢，商业的发达与商业秩序的规范同时进步，英国的公共事业日益兴盛，言论、出版、求职、慈善，甚至广告等等，都已经普惠于社会。很自然地，夏洛蒂得到了成全。小说——这种表达灵魂密语与人文关怀的文字艺术，得到了成全。《简·爱》得到了成全，一出版就轰动了英国。《简·爱》是小资奋斗史，同时也是大资发展史，是小资与大资的爱情颂歌。小资用勤劳消灭贫穷，用精致训导粗鄙，用心灵清流来洗涤暴发户的污泥浊水。《简·爱》告诉人们：社会发展与进步，对于个人命运来说，是何等重要。共同信仰与价值观，对于爱情来说，是何等重要。美好爱情，都需攀缘在这座坚固的藤架上，才能够不因物质的速朽而速朽。只要心灵纯洁，爱情之树长青。仅凭爱情描写，《简·爱》已是有无穷魅力。更何况《简·爱》还具备了那种与读者娓娓交谈、贴心贴肺的叙事风格。大段大段的对白、倾诉与抒情，又给予我们久违的哲理的话剧似的高贵华丽。

今日的重读，照见了我从前的悲哀。我第一次阅读《简·爱》，版本是1980年上海译文出版社的。译文的前言，直接就把阶级斗争的观念塞给了我，让我一直误认为简是无产者。对不起，简不是无产者。简是小资好不好。那时候，年轻幼稚的我，还很不了解作者写《简·爱》时的社会背景，只看到爱情故事，竟被引导出一个错误结论：只有最穷，才有最爱。真是无知无畏到恐怖！幸运的是，今天阅读已经变得不可囿禁，只要你愿意，你的阅读就可以追溯，就可以扩展，就可以获得你想要的新知。

新知何其重要，它是人生与现世的新雨，会洗刷长年累月不知不觉的蒙面细尘，会让年轻时候的狭隘愚昧，得以理清与纠正。你视野的外延无限延伸，你思维维度一再增加，你的本心，如果陷落在嘈杂焦虑混乱的世界，也会被你自己找到，并带回自己的灵魂之中——如果不是永远带回，也会发生一次又一次的可喜回归。在当今，无论对于个体生命还是对于人类世界，智识是最为重要的。而阅读，是提高智识的一条佳径。仅仅多次阅读小说《简·爱》，你都可以清醒地意识到这一点。

2016 年 5 月 23 日

比如水仙花

我打造了一盆形态各异的水仙花，让花朵本身述说着它们各自的行为与态度，述说它们的希望、失望、绝望，以及再一次死灰复燃的希望。

小说不好写。小说写好以后的创作谈，更不好写。世界这么大，群众这么多，生活这么广袤与葳蕤，独独采用小说这种虚构文体来表达，显然是有话不便直接说，只有虚构能解恨。

于是在写作中，把想说的不想说的、把想做的不敢做的、把可能的无可能的，全都藏进了虚构。却偏偏，有极其聪明的选刊编辑，事后约你写创作谈，他们分明是在深挖小说艺术的实质部分，往往就被他们挖出来了不少。这很有趣，也很有意义，还有点可怕。我也时常会琢磨其他作家的创作谈，然后阴险笑笑：“哇，我明白了。”

所以，轮到我写创作谈，我试图负隅顽抗，想把自己藏更深。

所以，我写《打造》创作谈，只用一个比喻来比喻：比如水仙花。

比如水仙花：首先我看到的不是花，是球茎。我选择了一只个头比较大的、通体比较饱满的球茎，颜色外观是深褐色，与未来花朵的娇艳颜色似乎没有丝毫联系。但，正是这样一只普通球茎，我精心雕琢了它。它被我赋予了尽可能多的花芽。我准备好了浅盆沙床，过滤好了洁净清水，调节好了环境温度，让花芽们各自生长。待到花开时刻，我就身不由己了，我不便再行雕琢了，我的笔触，得随着生活本身的客观规律而动了。所有的花芽，都得按它们自己的成长史走过来，长成一枝代表它自己的水仙花。一枝枝水仙花，肥也好、瘦也罢；壮也好、萎也罢，都是在球茎时期就被各自的基因所决定，都又逃不出它们的时代背景。就这样，我打造了一盆形态各异的水仙花，让花朵本身述说着它们各自的行为与态度，述说它们的希望、失望、绝望，以及再一次死灰复燃的希望。

比喻到此结束，谢谢。

我想，会不会有其他同行看到这里，阴险笑笑：“哇，我明白了。”

其实傻吧，眼下还有多少人关心他人创作谈呢？其实我们能够明白什么呢？是我想多了。

2020 年 1 月 20 日

千草千慈悲

绝对不可以砍大树，大树缺点再多，不如人缺点多。

大约外界不知，对于写作行当来说，为人作序，是全部写作中，最难一桩事。

何以难？难在你首先要懂它。要懂它，你首先要经过它。经历过了，了解到了，也未见得能够理解其中精髓。理解精髓不够，下笔浮皮潦草，人云亦云，难出精彩，愧对请你作序的人，也愧对作序的书。如果那天，不是书名《一花一世界》，五个字，一见之下，触动心念，这篇序，也就很难有了。

正如对武汉，这座城，要懂它，生活多久都不够。下笔写它，更是怎么写，都是皮毛。正如对人，共事几十年，相处一辈子，怎么了解，都还是外表。有时候以为是心，其实不是心。正如《金刚经》所言："过去之心不可得，现在之心不可得，未来之心不可得。"

一切都靠惊醒。一切都靠慈悲。

当我翻阅了《一花一世界》。只见每页都有花草，每页都散发植物香氛，每页都能清晰见得养花植草人的一片痴爱。真是一翻惊喜，二翻感动，三翻则颇有共鸣了。

一股子慈悲之情，油然而生，扑面而来，

此前还真不知道，在武汉这座城里，这座正处于建设高峰而灰尘扑扑的大工地里，一直还活跃着如此多热爱养花植草的家庭。这些家庭这些人，默默地、执迷地、辛勤地、近乎天真地孕育着、培植着、守护着一缕缕绿色。便有一丝丝清香，从这座巨大城市的大街小巷各个角落散发出来，不绝如缕，尽管微弱，却生生不息。绿化、美化、彩化、香化着我们的生活，"润物细无声"。这真是功德无量！

说起来，大到一座城，小到一个人，都是生命。生命归根结蒂，想要繁荣昌盛，想要欣欣向荣，其生态语境，重要到怎么估价，都不过分。我所指的生态语境，本质就是植物，其他都是过眼云烟。花花草草是千万不可以小觑的：人类崛起之前，植物早就覆盖原野，否则人类根本无法存活，只因五谷果实都是植物，牲口畜牧全靠植物，优质空气氧分也靠植物。就连世上最古老的建筑——金字塔，都无法与一朵蒲公英的生命力相提并论。人们普遍以为建筑水泥非常坚固，其实三十年就开始分解。就连钢筋水泥混凝土的分解期，也撑不过百年。而植物，而树木，而小草，而花朵，却可以自在自由到永远。所以就连观音菩萨手里，也总是会拈一枝柳条的。所以一位当代智者在论及城市建设与大树关系的时候，他的一句话深深震撼我："绝对不可以砍大树，大树缺点再多，不如人缺点多。"

况且，一草一木都有情。只要你爱惜它，珍视它，更多地养护它、更多地感受它，你就会深深感受它们的回报：你会心情舒畅，你会身心健康，你会兰心蕙质，你会逐渐发现自己在变成一个好人——一个爱美的、爱好的人，一个开始意识到简单粗暴并非好事的人，这就是草木特有的慈悲。草木也会度人、化人和滋养人。

仅以这一点点管窥之见，呼应这本书智慧的书名。

2018 年 3 月 31 日

幸福是有一颗强大的内心；是这颗内心里有一种强大的骄傲；是这种强大骄傲足以抗衡人生的种种磨难。

第六辑

我们是否应该结婚

所谓佳人 咬牙炼成

每当我在工作室阳台上俯览楼下，我常常觉得自己能够透视百年沧桑，看见小女孩华苓，蹦蹦跳跳走过街口，走进她的人生。

没有比大自然更美的美景。路边野花蒲公英，也会令我流连忘返。蒲公英鹅黄色的菊瓣如此明艳，结子的球状冠顶堪称完美：完美的圆形，完美的银绒轻盈玲珑剔透，魅惑强大到你抗拒的意识都不曾出得来，就非常乐意帮它去吹一下。

谁没有吹过蒲公英呢？

在我眼里，这就是美的力量。在我眼里，美人也是大自然的造化。可怜美人却比花草易摧。我特别喜欢看美人。十七八岁时候我是知青，曾经一个冲动，赶路二十里，到另一个知青队去看小妹。小妹以其绝色美貌在知青中闻名遐迩。她一双眼睛特别漂亮，水汪汪亮闪闪，秋波一转，落到你身上，你就想哭。奇怪的是知青们，也笑嘻嘻围看小妹，转身背地里却纷纷说她不是一个好东西，给她取了绰号叫“公共汽车”，意思是谁都可以上，很是下流。小妹受不了人言，仓促嫁人，婚姻不幸，过早凋谢。这正是中国特色的女性童话：小姐一准要落难，红颜一准要薄命，漂亮一准不安分，美人一准是祸水。“辗转蛾眉马前死”与“花钿委地无人收”的惨状，绝对是“三千宠爱在一身”的美女下场，杨贵妃不可能有其他生路。就连权倾天下的皇帝，也只能是发发心愿，“在天愿作比翼鸟，在地愿为连理枝”而已，只不过在天地之间的社会生活里，如果发生了什么紧急状况，那么你还是先死掉吧，美人。

千百年来，几大著名美人、无数不著名美人，谁能扛得住他人妒恨？谁又能够咬牙坚持炼成佳人？真是连蒲公英都不如，比苦菜花还苦。

我这一辈子，只见到一个功德圆满的美人：聂华苓，女作家，武汉人。我第一次目睹她丰姿，是20世纪80年代中期，武昌水果湖，湖北省委礼堂贵宾厅。华苓在她美国丈夫Paul的陪同映衬下，格外东方美，娇小玲珑千娇百媚的。她与参会作家一一握手，到我这里，我几乎晕厥。要知道那还是我们土得掉渣的年代，我二十多岁了还一点没见识，几趟公车挤过来，双手脏污，满面灰尘，突然面对一位衣着华丽、香气袭人、口红鲜亮、眼影青黛的美人，这反差怎堪承受？ 那一天，华苓给我的震撼，具有绝对的革命性。中国美人，居然也可以美得妖艳华丽并理直气壮。从此，我再也无法不注视华苓，她可是我能够亲睹的唯一童话版本。

华苓一边写作一边还轰轰烈烈做着文学事业。1961 年就和 Paul 在美国创建了国际作家写作坊。及至后来中国改革开放打开国门，华苓的邀请名单上立刻就出现了中国大陆作家。华苓自传《三辈子》2011 年出版，记载了 50 年间上百位国际作家的到访。华苓家的客厅，是国际文学沙龙，是海内外华语作家的大团圆。而我，是华苓大团圆之外的小团圆，因为直到 2014 年的初秋，我才来到美国艾奥瓦大学国际写作中心，华苓已经退休，但我一心就是奔华苓来的。

Paul 已去世多年，华苓也退休多年，但他们山上的红房子丝毫不变。华苓就当 Paul 还在一样，为 Paul 原模原样保存着他的书房，独居也是两个人过的日子，坦然安然悠然，还是喜穿丝绸连衣裙，还是出门前要抹口红。我们可以用武汉话对白说笑。我们一再聊起汉口，她家的故居附近也就是我家的现居，我们相距不过一条马路。我们都居住在当年的日租界，日租界里有很多故事与穿漂亮和服的妓女。我和华苓一见如故。

每一次我过去玩，华苓不是酒就是茶，香茶美酒我俩浅斟低酌。绿水在前，青山在后，鸟语花香，美景美色中只听得华苓一遍又一遍，讲述她的人生故事。我百听不厌。她百讲不厌。每一次都讲得分毫不差包括标点符号。我再没见过任何其他中国女人，能够端坐于90岁刻度的人生巅峰，举杯把盏，满怀挚爱，朗朗有声，追忆前世今生的爱恨情仇，并款款深情挚爱着正在追忆的这一刻。

所谓佳人，果真被华苓咬牙炼成。华苓这一生，多灾多难经磨历劫，11岁丧父，青年丧弟兄，中年丧母，逃亡台湾，辗转美国，第一次婚姻不和却已拖儿带女，与Paul相爱却又远隔重洋。现在，每当我在工作室阳台上俯览楼下，我常常觉得自己能够透视百年沧桑，看见小女孩华苓，蹦蹦跳跳走过街口，走进她的人生。或许她比所有美人都顽强，或许她独有一份别人没有的天恩：好运！

此时此刻，红房子里的华苓92岁了，满山苍翠绿荫中她就是一朵中国牡丹，令我流连忘返。

2016年10月28日

婚姻课

人短暂一生，哪些知识是最必需的？哪些知识能够让人终身受益？婚姻是不是人生最重要的一课？我们不做思考。我们蹉跎岁月。

万事万物中，最必须学习的知识、对人生最重要的知识，就是婚姻。因为婚姻并不是山川河流那样天生的，它是人为的。人为的，就得去学习咋个“为”法。很遗憾，中国没有婚姻课。据说中国的基础教育非常厉害，比如国际中学生奥数比赛就经常获奖。可是获奖的中学生，将来不可能和奥赛结婚，还是要和人结婚；而婚姻这门知识，他一无所知。正如对航海一无所知的人，某一天突然被推上汪洋大海中的一条小船，无疑这是非常危险的旅程。纯粹是由于无知，婚姻过早地葬送了多少人？又有多少人在婚姻中同床异梦、有苦难言？

据我所知，不少国家，中学就开设婚姻课。课程名称或许各不相同，内容大致一样：主要是让孩子们步入青春期的时候，充分了解生理上开始萌动的性、心理上萌动的情和感情上萌动的爱，关键是：这些东西与婚姻的关系。婚姻究竟是一种什么生活方式？一个人究竟如何与婚姻配偶相处？还有些国家，政府机构、社会组织、医疗体系以及宗教社团，形成对婚姻的终身教育与全方位培训。

众所周知的克林顿白宫绯闻，发生后第一时间，克林顿、希拉里这对夫妇首先去见的，就是婚姻心理医生。英国真格的教堂婚礼，可不只是我们表面看到的，男西装革履，女洁白婚纱，好漂亮好漂亮，哎呀我们狂热模仿。事实上，婚礼仪式之前，神父已经介入。神父点对点指导未婚夫妻再次学习婚姻课。课程六个月。神父会详细告知婚姻的责任义务以及有可能发生的种种危险，包括最常见的厌倦感和婚外情。六个月以后，只有没被吓退的未婚夫妻，才能获得教堂婚礼。这个婚礼不仅漂亮更是神圣，这可是宣誓仪式。一对新人在上帝面前，自愿发誓，效忠婚姻一辈子。如此，当我们看到一对对白发苍苍的老外，手牵手散步，时不时对视，还经常会说老伴今天更漂亮了。这靠的可不是演和装，不是死要面子，做给别人看的。这是靠婚姻课，靠从小到大的教育和培养，靠对婚姻本身的信仰。

尽管这样，事物总是相对的，婚姻也还是会出现问题。不过一旦出了问题，双方都懂得理性解决。婚姻课的知识让人们知道：婚姻破裂，一定是双方本身不合适了。只有夫妇感情首先裂缝，外因才有进入的可能。生气归生气。争吵归争吵。但一上来就迁怒于第三方，就像现在中国大街上经常发生的丑陋奇观：辱骂殴打所谓的小三。人家那是绝对没有，只因这又涉及另一堂人权课与社会道德课，那就是：一个社会，任何个人，不可以随意殴打辱骂他人。其中包括罪犯，如果罪犯可以随便被羞辱，那么每一个人，都有可能随时遭受羞辱。因此，人人都以羞辱他人为耻、为低能、为下三烂，法律也绝对不允许。所以，同一个世界，环球并不是同此凉热：在学习好了婚姻课的国家和族群，结婚与离婚，都要文明很多很多。

我们族群素喜流行许多貌似真理的口号，比如“知识改变命运”，写得大大的，贴在教室里，灌输给学生，指向都是应试考试，终极目标就是高考考上重点大学。而人短暂一生，哪些知识是最必需的？哪些知识能够让人终身受益？ 婚姻是不是人生最重要的一课？我们不做思考。我们蹉跎岁月。

2016 年 7 月 7 日

配偶

成为一体。互为配偶。这词语精炼，睿智，意义深远，深刻入骨，无一己私利，是不动声色的教诲。

有没有这种感觉？有些词语，就像某些熟人，多次见面，却不过是点头之交，完全不了解。忽然有一天，只因某机缘，只因某巧合，你触类旁通了：哦！原来这就是那个人。或者，哦！原来那个人就是这样的人。我与“配偶”这个词，正是这种感觉。

“配偶”一词，我早认识。一直认为这个词客观冷静，只是陈述事实，更含有法律意义的界定。这一天，我再次重读《圣经》。读到这一段：“耶和华使那人沉睡，取下了他的一根肋骨，捏成一个女人，好让那人有个配偶帮助他。耶和华把女人领到那人面前。那人说话了。他说：‘这是我的骨中之骨，肉中之肉，可以称她为

女人，因为她是从男人身上取出来的。’

读到这里，我停下来，一种顿悟猛烈冲击我。我把那人的这段话，分行排列，变成诗歌，再以读诗的方式吟哦，没想到更为合宜。在我看来，这是人世间男人给女人的第一首情诗，也是永恒的情诗，更是不可以被后来其他情诗所替代的情诗，也是不可以被后来情诗所超越的情诗，这是第一枝出水芙蓉，是不沾一点风尘的唯一的真正的情诗。

那人是凝望着他的女人，缓缓启唇的。那人是在这个世间，在他作为男人的人生里，第一次看见女人。而且那人一旦看见，就是他的女人，是他自己的一根肋骨造成的。那人顿时热血激荡，心中感动，不由自主吟哦：

> 这是我的骨中之骨，
> 肉中之肉，
> 可以称她为女人，
> 因为她是从男人身上取出来的。

当那人一旦把这首情诗吟诵出口，天地人伦即成定律：男人要离开父母，与女人连合，二人成为一体；女人要离开父母，与男人连合，二人成为一体。这是一种人格平等的关系，这是一种缺一不可的两性关系。这个男人只做一个人的丈夫。这个女人只做一个人的妻子。他们成为彼此的配偶，他们互为整体，他们一起生儿育女、繁衍生息、永远相助。哦，配偶，配偶，配偶。这个词语在我面前忽然如此高大与清晰。仿佛巍峨山川浩浩流水一般的大写，粗重黑体，清晰到既显示出字面意思，也显示出内在含义。无论外貌与内涵，它都如此神圣。

现在，在我们的日常生活中，我们不说配偶。我们日常生活一般说本地口语，说武汉话。惯常，武汉话说“夫妻伙的”，说“两口子”。这种指称，把夫妻关系摆明了主要是男女两人一起开伙、两口嘴巴一锅吃饭。鉴于开伙吃饭这种夫妻关系的物质性，我们也就继续发明着有关阐释：夫妻本是同林鸟，大难来到各自飞。嫁汉嫁汉，穿衣吃饭。爹死娘嫁人，各人顾各人。这是现在，是现当代，是大众文化，大家都说大白话，也有比喻，连比喻都直白尖锐。古代是否会文明一点？汉代才貌双全的大家闺秀卓文君，应算最文明的了，用诗写，写了一首《白头吟》。《白头吟》里有两句：“闻君有两意，故来相决绝。…… 愿得一心人，白头不相离。”不过，说实话，几乎也算是大白话。轮到“痴情女子负心汉”这件事情上，似乎没法隐晦或者溢美，自古以来，民间百姓人人都知道这种故事：痴情女子负心汉，万千情殇总归恨。

文人用词文雅一些，便用“围城”来隐喻婚姻。只不过“围城”的男性角度和男性视野，再怎么隐喻也摆明了婚姻的束缚感。男文人的小说与诗歌，即便最委婉的，根本意思也都还出来了：家是要的，性是要的，后代也是要的，个人自由也就是性的喜新厌旧——即不必专情——也还是男人的基本立场。

看来在现在的配偶关系中，男人失却了初心。男人再没有了他那第一首情诗的痴情与平等，想要的东西太多太多，恋爱的周期太短太短，所以在男女关系中总不免犹犹豫豫：进去了的想出来，在外面的想进去，没法有一个主心骨。普通大众也好，知识分子也罢；比喻也好，隐喻也罢，其实男人都容易从个人利弊出发，多是在为自己考虑。基于这样粗陋的认识，婚姻危机，势必时有发生。婚内相处必定变得越来越难，而一旦发生婚姻之外的男女私情，我们则又怒火中烧，最不堪、最丑陋、最肮脏语言脱口而出："勾搭成奸""通奸"或者"劈腿"等等，结果我们反目成仇，男女两败俱伤。配偶变成怨偶。夫妻变成仇敌。

似乎没有别的办法了。

似乎无法阻止水结成冰——如果温度没了，如果天寒地冻。

唯一的安慰是，让我们再一次温习人类第一个男子的情诗：

> 这是我的骨中之骨，
> 肉中之肉，
> 可以称她为女人，

因为她是从男人身上取出来的。

随之，我们更要牢记的是比词语更为雄辩的规则：男人要离开父母，与女人连合，二人成为一体；女人要离开父母，与男人连合，二人成为一体。他们成为一体，互为配偶，互相帮助。男人只做一个人的丈夫，女人只做一个人的妻子，他们成为彼此的配偶，一起生儿育女，永远互助。

成为一体。互为配偶。这词语精炼，睿智，意义深远，深刻入骨，无一己私利，是不动声色的教诲。只可惜我们愚昧无知，冒犯了一次又一次、再一次。我们的冒犯之举损坏了我们外在的躯体，污染了我们内在的灵魂。可惜在冒犯之前，我们脑袋进水，我们什么都不懂。或许我们没有资格懂。我们卑贱的手，无法企及远在天边近在眼前的神圣。

一切都是我们自作自受。

2019 年 11 月 22 日

学习结婚

结婚太重要了，真正是人生头等大事，一旦真心结婚，那肯定就是全心全意、全力以赴、无论花费多少时间在所不惜。

结婚要不要学习？在我青春婚龄，不仅没有想到这一点，连意识都没有。后来国外翻译出版我的小说，我与国外出版社以及编辑和译者打起了交道。二十多年来，除了出版之外，还有其他种种交流，这些交流仿佛一把雨刷，不紧不慢地，一下一下地，拂去了许多蒙尘，渐渐显露出一面镜子，反映出我自己的某些意识，那些作为一个人更早就应该意识到的一些意识，那些关于生命本身的、关于生活本身的、关于个人成长的，等等。原来文化的交流，往往会发生在个人行为的无意之中，会发生在时光很深的皱褶之中。比如说结婚，近年我才意识到：原来结婚也是需要学习的。

我的最新小说《她的城》，欧洲某家出版社签约三年了，翻译书稿迟迟不得完成。什么原因呢？聊一聊，责编说：“译者在结婚。”这么一说，我就明白了。“在结婚”，也就是说，进入了一个学习结婚的过程，于是书稿的翻译，不言而喻，得往后靠了。我这才知道，他们结婚是太重要了，真正是人生头等大事，一旦真心结婚，那肯定就是全心全意、全力以赴、无论花费多少时间在所不惜。

学习结婚是怎样的呢？欧美大同小异。就以英国为例吧。先省略恋爱阶段，从谈婚论嫁开始：两人好了，决定结婚了，要去政府婚姻注册中心注册了。就相当于启动了一个学习与认识婚姻的课程。我说是课程，事实上是一套结婚引导程序。一切从严谨开始，要让你懂得结婚绝非儿戏。注册首先要到市政厅去预约，不是跑去就可以拿证。预约后，要认真准备个人资料，按照清单，缺一不可，都要准备齐了，交送过去。之后是等待。等到通知你们过去，你们那天才可以填表登记，注册还不是当时生效，还得公示。注意结婚在英国不是私事。不是你们两人之间同意了就可以的。结婚要公示，市政厅要贴出来，要看看大家谁有意见。在公示期内，如果有人反对，你们就结不成，得坐下来谈，谈清楚了再说。这是因为，英国婚姻法认为：人类社会已经约定俗成，把结婚看成一个社会单位的诞生，涉及面很广，是几个家庭的事情，婚后将会生儿育女，这又涉及子孙后代了。所以，仅凭恋人们的热情与冲动，怕是不够牢靠。婚姻是人生大事，要足够牢靠才行。要想牢靠，肯定得从基础打起。

公示时间，不一而足，具体情况具体分析，短有 15 天，长有 70 天，一般 28 天。就算公示过关了，注册了，也还不等于结婚了。还有所在社区教堂这一关。不管你是否信教，神父都乐意约见你。见面了，大家先坐坐稳，交心谈心，上课。结婚是一个什么事物？神圣之处在哪里？世俗之处又在哪里？两人的责权利在哪里？结婚美好，自不必多说，可以好到上不封顶，关键是你得了解婚姻的难处，婚后难免发生的矛盾、困扰、疲惫、厌倦，总之你得冷静下来，扪心自问，是否能够承受婚姻之重。如果你说自己能够承受，那么就试试吧。牧师也会给你一个实习期，六个月左右？两人柴米油盐相处相处，看看你们是否处得来。这期间牧师会不断跟进、观察与辅导。如果教堂这关也过了，终于，就可以去领结婚证了。领结婚证也有要求，有场所，有仪式，还必须两个证婚人，还必须大家都正装。政府注册官宣读结婚证书，亲笔签名。证婚人也得一一亲笔签名。准夫妇俩当然也得亲笔签名。亲笔签名就意味法律效应。这才好了，一张薄薄纸片儿，淡雅绿色，只因为绿色表示顺利通行、表示生机勃勃、表示绿树成荫等等吉祥祝愿。轻轻地，装进信封，郑重地，递给你。注意了：结婚政府全程收费。仅从收费来看，结婚真不是儿戏。就连结婚证书，你可要想好了，当天一份四镑两份八镑，可是到了第二天，你想起来还要一份，这一份就涨价到十镑了。要知道，在英国，一大罐新鲜牛奶才四毛几分钱呢。这个结婚证书，可真的是相当昂贵了。婚姻的价值有多贵重，新婚夫妇你们自己就想想吧。结婚事事都得再三考虑。每一个环节都得再三掂量与严谨。而且别急，这才是结婚的开头，一大套婚礼还在后面呢，你还得继续学习和经受考验。男人先期的求婚，你买多少克拉的钻戒都成，只要你有钱并舍得花钱。然而到了举行婚礼的大典上，一对传统的朴实的结婚金戒指，那是一定要事先准备好的，都只为在上帝面前、在亲朋好友众人面前，新婚夫妇的宣誓，皆由这一枚金戒指表达并铭记。直到行完大礼，直到新婚夫妇彼此把那枚谨守婚戒的金戒指，套住对方——且是那根离心脏最近的手指——这动作等于日后时时刻刻都在指心盟誓，这才叫作结婚了。

欧美人一般结个婚，花上一年两年时间，很正常。学习以后不敢结婚的，也大有人在，没关系，想好再来，遇到了非得结婚不可的对象，再来。只是，如果你一定要结婚，就得尽量把婚结好。想要结好婚，就得学习婚姻知识。就得按照婚姻知识，逐渐适应婚姻语境。我认为这个结婚过程比我们情急冲动就跑到婚姻登记处即刻就发你们一个大红结婚证，还是要科学得多。我曾经陪同一对年轻朋友去领结婚证，登记员坐在柜台后面，淡漠扫了年轻人一眼，低头就扣章，一分钟不到，就递出两只小红本。感觉在这里，婚姻之轻，轻到不可承受。事实上，婚姻真的是一桩太过复杂的人生大事。睁着眼睛结婚总比稀里糊涂结婚更能够保证质量吧？婚姻知识或许不会决定命运，但会影响命运。

2017 年 11 月 3 日

我的婚礼

红尘之中的婚礼，那还是应该成为俗世里最庄重的仪式。且看如今这般婚礼，显然时代还在辜负一茬又一茬的新人。

近年来，我辈的孩子，逐渐步入婚龄，心里真高兴。可惜参加几场婚礼以后，那份心里的真高兴，不可救药地消失了。婚礼一律都在酒店或饭馆举办，一律都是婚庆公司布置和主持，一律都把大喇叭放得震耳欲聋，一律总有流行歌曲不合时宜，比如《九百九十九朵玫瑰》，是爱情挽歌。为表示洋气一定会放欧美歌曲，阿黛尔的《Rolling In the Deep》，是分手悲歌。为制造现场气氛，还会放《最炫民族风》，是广场舞歌。一律，主持人都是模仿电视娱乐节目腔调，极尽插科打诨、贫嘴搞笑。一律，新人都会登台走秀，剧本显然是抄袭的烂电视剧的烂桥段。一边台上如此这般走过场，一边台下众宾客已经在吃酒抽烟吐痰喧哗打手机。新人也忙得自顾不暇，主要忙于换装，先穿西式婚纱，后穿中式婚服，无论西式与中式，更多意义在于展示服装。全套仪式没有任何一个环节敬重婚礼。这原本是一个山盟海誓，这原本是一桩人生大事，大到你缔结了一个最郑重最长期的法律合同，交出了自己的一生。按说这一刻，怎么也应该有一点神圣感，有一点感动人，但完全没有。急促、潦草，吃完酒席一哄而散，杯盘狼藉、垃圾满地。父母们也都不计较，也都没在意，主要感觉是如释重负，呵呵总算完成任务了，从此再也不怕人家笑话咱儿子娶不到媳妇，咱女儿嫁不出去了。

婚礼怎么变成这个样子了？怎么是一场中不中西不西的娱乐表演？怎么这种粗制滥造的表演还会大肆流行？怎么人们好像被集体催眠、无意识行动，都随波逐流、听之任之？我实在有点发蒙。

我经历过一次传统婚礼，年纪很小，小到按说我应该没有记忆，但事实上我不仅有记忆，记忆还越来越清晰。记得那天我被精心打扮，我外婆也精心打扮，然后牵着我手，去街坊家里吃喜酒。记得新郎披红挂彩骑的是高头大白马，新娘是一顶锦绣花轿抬过来。记得唢呐吹得高亢圆润，鞭炮放得喜气洋洋。记得主持人被唤作“知明先生”。在知明先生主持婚礼的时刻，全场宾客都目不转睛望着他，人们听得笑了又哭了，是那种含笑的抹泪。当仪式开始，一拜天地二拜高堂三拜夫妻，此时天上人间静寂，连最调皮的顽童也都会老实一刻，只因婚姻的担当实在是山高海深的庄严肃穆，是一个人对天发誓了就要说话算话一辈子的，而人生也只有一辈子。

此后我一直以为，将来我会有这样的婚礼。当年的确年纪太小，不懂这其实是我有幸参加的最后一个传统婚礼。很快“文革”席卷全国，传统婚礼被彻底否定，代之以新人互赠红书的革命婚礼，然后革命婚礼又随“文革”的结束而结束。改革开放了，婚礼怎么搞？大眼瞪小眼，谁都不知道，大家也就摸着石头过河，试试探探搞一点请客吃饭。习俗上这种请客吃饭，也算是喜酒了。喜酒不可以白吃，要给喜金的。革命干部们还是嫌低俗且麻烦，也就免了。当年我的夫家，不仅喜酒免了，就连结婚证，也免我亲自去领，让司机的母亲找熟人就给拿了。时代注定了要辜负我，我也没有办法不辜负这个时代：我从来都不觉得我有真的结过婚，休怪我无礼！如果我真结婚，一定要有婚礼。我的婚礼，一定要有一拜天地二拜高堂夫妻对拜。新娘要蒙上红盖头，洞房中独坐，静静等待夫婿进来，一把挑开红盖头，开启一个全新生活方式：男朋友变成夫婿，女朋友变成妻子，然后一起承担起现世的生老病死。

当然这仅仅只是我的一个幻想，而已。

说到底，我总觉得，就连红尘之外，做和尚也会有一个落发剃度的郑重仪式。红尘之中的婚礼，那还是应该成为俗世里最庄重的仪式。且看如今这般婚礼，显然时代还在辜负一茬又一茬的新人。连个婚礼都不成体统，还有什么能够不被娱乐？只能够叮嘱自己多多保重了。

2017年1月17日

母爱致命伤

这个世界，几乎没有绝对的东西，如果说有什么东西接近绝对，那只能是母爱。

爱是好东西，好东西也伤人。爱尤其容易伤人，伤人最深的，往往又是最爱。要说母爱，那正是爱之最了。其他种种爱，都不比血浓，只要你铁了心，都可以躲开，可以了断，可以删除，可以遗忘。唯有母爱，是命定，是天生，是天地日月江河山川。一个女人，只要经历了十月怀胎，经历了一朝分娩，从鬼门关上走了一遭，从此，没得说，无理由，必定母爱泉涌，是春蚕到死丝方尽，是蜡炬成灰泪始干。

因此，母爱也就最难把握。母爱突如其来、浓烈深厚，让女人都身不由己，也就极易膨胀、霸道与专横了。许多子女，对母亲的最深记忆，多是那些很难讨人喜欢的妈妈式系列训斥：不许哭！别乱跑！听我话！你住嘴！吵死人！赶快睡！多穿点！让你穿就穿！要你吃就吃！吃掉炒青菜！听到没？长耳朵没？现在、立刻、马上、必须，去给我上培优班！就考了这个分数？怎么谁都比你强啊！你怎么这么没出息啊！不许说谎！不许玩手机！不许早恋！不许交坏朋友！必须要有事业心！这个工作你选择不对！这个对象你选择不对！你没经验不懂事必须听我的！该结婚了快快快！该给我抱孙子了快快快！该常回家看看了快快快！我一把屎一把尿养大你啊！你就这样不孝不敬吗？

可悲就可悲这里了，子女已经很受伤，作为分泌母爱的母亲，却丝毫不以为意，强势母爱任性泛滥：反正一切都是为孩子好！反正将来孩子总会知道的！事实上，将来孩子真不一定知道。就算将来孩子知道了，母亲已然老矣或已经过世。再说世事无常，谁敢保证一定会有那么一个将来呢？可怜最好的母爱，也会有这样一种致命伤。

母爱致命伤，还更有凄绝的一种，那就是：母子有份无缘。母爱兀自奔涌不息，却都只积郁在心、淹没自己，子女全然不能够领会。子女堵住爱，母爱会愤怒。母子不亲。都不想看对方。或没话说。或恶语相向。久久不见也想念，刚刚相聚又讨厌。母亲心凉透，自叹命苦。其实孩子也有心，也苦也凉更无奈。都倍受良心折磨。更有极端个案，由爱生恨，加害对方，那是不忍见诸笔端的了。

可见母爱的施与与子女的收受之间，有太多误差和歧路。理想主义的母慈子孝与现实的具体生活，有太多悖论和矛盾。万幸的是，母爱又是伟大的。具有伟大特质的母爱，是拥有一种超常宏伟阔大的宽容能力。有些天生伟大的母亲，甚至还躺在分娩的血泊之中，就已经懂得如何目送自己孩子了。在脐带剪断那一刻，在护士抱过去那一刻，她的孩子，就已经进入了社会，就已经是一个独立的自由人。她的以目相送，是大树对另一棵小树的看顾，是豆荚对一粒青豆的赞许，是在漫长岁月人生环节无数庸常琐事中，唯有长江后浪对前浪的默默推送，绝对没有要求前浪必须回报后浪。伟大母爱，或许并不在于对子女说一千道一万谆谆教导永不停嘴，而在于明智。明智的母亲，只做一个动作：少说为佳。

对于子女，哪怕操碎了心都能够闭得住嘴，少说为佳，这是真伟大。

值得天下子女记取的是：这个世界，几乎没有绝对的东西，如果说有什么东西接近绝对，那只能是母爱。不管母爱伤你多深，不管你对母亲有多少不满，真的你得明白，她只是爱的方式不对，她只是不够伟大。芸芸众生，凡身肉胎，不够伟大不是缺点。谁不想伟大呢？让母亲慢慢来。而每个孩子，也都是未来父母，对于母爱的致命伤，对于伟大是需要学习与修炼的，醒悟得越早越好。醒悟并开始运用这份醒悟，幸福就已经敲响你家大门。

2017年5月1日

亲爱的十月 祝你生日快乐

每年，只要盼到白露，酷暑焰头一弱，我心里，就有一个节奏，慢板响起：生日快乐！

今年武汉夏季，漫长得令人绝望，酷热得令人冷笑。高温溽暑三个多月，导致身体细胞无法冷却还原，使走在大街上的脸，肿胀得比平时大出至少一倍。男子索性赤膊上阵或卷起上衣露出腹部散热——可怜现在男腹的膨胀态势好似蛤蟆功正在发功。顿时武汉城市风景指数，惨遭连累。不过将心比心，可以体谅。再说了，神州大地，北上广深，瞧一瞧比一比，武汉的大肥虚胖子还算较少。如果综合评估，武汉有山有水有粮食有四季；如果探究出身门户，武汉祖宗八百代有楚国文明高度发达的底子；如果探究城市化进程，一百多年前清朝末年，武汉就被张之洞改革成了最现代化的大城市。只不过当下几十年有点背运，运气这个东西嘛，总归是三十年河东三十年河西，这还好理解。最不好理解的是人为生态破坏。但人为生态破坏是大潮流，举国上下，概莫能外，你能怎么办？ 最遗憾的还有副热带高压，老是滞留在武汉上空。酷热胶着，雾霾四起，你能怎么办？唯有冷笑。而冷笑过后，一千次选择，我还是会毫不犹豫，选择武汉。因为除了以上涉嫌高谈阔论的理由之外，我的毫不犹豫，主要是受感情驱使。

驱使人做出重大决定的感情，不是一般感情，是一种深情。人是一种易于犯贱的动物，深情主要被缺失奠定，而不是完满。缺失总是更容易唤起深情。武汉这个城市给了我多少缺失和煎熬，我就被激起了多少斗志与拼搏。

最拼的是：我把自己的孩子，生了在十月。计划生育时代，我只有唯一一次生育权利。唯一的一次，容不得任何闪失。因此我也就永远难忘这次生育的高度紧张、格外郑重、特别悲壮与极其可笑。当年的备孕少妇，完全是女战士上前线模式。一张整年份的挂历好比作战地图，我废寝忘食地趴在上面反复研究，画满各种各样记号。我发誓要战胜武汉的气候缺陷，最有效保护我的新生儿免遭春的潮闷，夏的酷热，冬的严寒。而武汉十月，真格当得上金秋的“金”字：凉爽秋风一起，身上臭汗收了，桂花香了，江水温顺了，树林斑斓了，鱼虾开始收紧肌肉富有弹性了，莲藕会变得粉嫩香甜，逢霜的菜薹即刻就会茁壮成长。如果上帝保佑，让我的计划得以成功，那么我的孩子，将会在最美好的金秋，来到这个世界，度过生命最娇弱的头一个月，满月以后，任由武汉这种大起大落的气候，锤炼她强健的生命力，那么将来无论她生活在哪里，气候都将构不成太大威胁……我的设想已经飞到遥远的未来，可她连胚胎都尚未结成。完全的虚拟，屡屡让我兀自笑出声，转而却又涕泪俱下，生怕美梦难以成真。结果，感谢上帝保佑！我的女儿，真的光临在武汉的金秋十月。那个十月，经过长时间疼痛难产脐带绕颈紧急剖腹产，我捡回一条性命。我与我的孩子一起新生，从此我有了一个新名字：母亲。武汉的十月，变成了我们共同的生日。

因此武汉这个城市，就凝聚了我最深的深情。当我必须熬过其他难熬的季节与时刻，这份深情便成为坚实的支撑。每年，只要盼到白露，酷暑焰头一弱，我心里，就有一个节奏，慢板响起：生日快乐！亲爱的，祝你生日快乐永远快乐，这份祝福，一直要响遍整个十月，响遍我的有生之年。

2016年10月10日

世上所有仙女，当会睡

让那些锥心刺骨、伤天害理的谎言，一一露出真相，再在太阳底下被晒干和被蒸发。

芭蕾舞就跟足球一样，要看现场。最棒阵容的现场，哪怕一生只看一次。我就只有这个运气，足球我只看过一次现场：南非世界杯。芭蕾舞也只看过一次现场：日本松山芭蕾舞团的《天鹅湖》。

那是多年前，在北京。北京手眼通天的人多，朋友搞到了最好的演出票，第五排正中间的座位，松山芭蕾舞团清一色 A 角上阵，白天鹅更是世界著名的芭蕾舞演员。能够如此近距离地亲睹我们亚洲型天鹅的芭蕾，简直是心花怒放。更加上，不慎听到身边观众的窃窃私语，说后面有人！回头一看，吓一大跳，差不多在第十排的位置，坐着党和国家领导人！也就更是莫名其妙地兴奋了一回。

通过这次芭蕾舞看现场，我才知道，座位并不是越靠前越好，前五排根本算不上朋友吹嘘的“最好”。前五排属于挡灰吸土前沿阵地，还需仰脖子看演员脸。幸好那次是芭蕾舞，主要看演员脚尖，我的脖子没太受罪。想说现场就是不一样，相比看录播的俄罗斯国家芭蕾舞团《天鹅湖》，尽管俄罗斯是原汁原味，且俄罗斯芭蕾舞大师辈出，名满天下，但还是看现场尽兴。现场真人真事，容易沉醉，尤其是现场乐队演奏的柴可夫斯基的舞曲，那份凄美绝伦啊，让你开场就紧随剧情，为公主失去人型，被囚禁于白天鹅身体，情不自禁，一洒泪再洒泪。又为王子那么容易受到黑天鹅的诱惑，除了流泪还生气，觉得王子有点装，王子分明知道黑天鹅不是白天鹅啊，黑白如此分明，还看不出来吗！这可怎么得了啊，如果白天鹅没有王子深情的吻，她是要死掉的呀！

《天鹅湖》《葛蓓莉亚》也就是《睡魔》《睡美人》，都是著名的芭蕾舞剧，公主们都是遭遇了不幸，然后都必须会睡觉。有的一睡就是一百年。有的变成了鸟，也就等于公主真身坠入了沉睡。仙女们一律用睡觉来熬过漫漫等待，等待深爱她的王子，用热吻来唤醒她们的生命。

可是，世界上哪里有那么多王子呢？即便有极少数的王子，哪里又这么巧，刚好在未婚的青春妙龄，路过沉睡仙女并一见钟情呢？仙女对王子的寻找与憧憬，在今天已经变成一种虐人虐己的游戏。现在世上的仙女们，简直心都碎了。

奥妙在于睡。对于这个象形字的理解，其实应该是眼睛下垂。也就是说不看。这就是所有古典戏剧道破的天机：仙女们关键要学会不看。学会视而不见。眼不见为净。也就等于是睡了。要学会睡。睡不着，也要装睡。让那些应该过去的丑陋过程，一一地过去。让那些锥心刺骨、伤天害理的谎言，一一露出真相，再在太阳底下晒干和蒸发。

受得了，受不了，反正你会睡最好，一切都会过去的。只要大睡三天，不用谁吻，就会睡到自然醒，伸伸手臂，打个哈欠，听见麻衣在歌唱。麻衣，全名藤泽麻衣，久石让的女儿，在她四岁到四十岁，都是二次元世界最动人的玻璃声线，都唱一样的歌："如果能够再一次奔向自由，一定尽情打扫一遍，洗衣、做饭、自由地外出散步。"时至今日，麻衣一直幸运地拥有低幼天真之嗲，一嗲跌入二次元，把洗衣做饭都唱成了极美享受，而不再是三次元现实世界邋里邋遢的烧饭婆。

反正现在能够看一次现场古典芭蕾舞剧，对于平常的仙女们，也还是难；看宫崎骏的童话片相对不难，在宫崎骏的动画片里，听到久石让的配乐和麻衣唱的电影插曲更不难。久石让和藤泽麻衣也还有联手举办的音乐会，网上就更不难看到和听到。所以，麻衣的歌声也不失为一剂治愈良方，轻轻浅浅，简单透明，却四两拨千斤，会教你的心，渐渐获得苏醒力量。

要不要索性再加上“断舍离”？仙女们那就更坚强了。好吧，先让我们闭上眼睛听听麻衣的歌唱，随风飘进二次元，沉迷其中，半睡半醒，过一种当代新生活。

2020 年 8 月 31 日

那些无关紧要的事，
正是一些至关重要的事。

第七辑

满头青丝，闲庭信步

让我们来数数变老的好处

你变老了，老眼昏花了，但却因为阅历足够丰富而心明眼亮。

感谢上苍，我父母健在。父往90走，母近80，父离休干部，母退休医生，经济实力相当乐观。他们认为对付寒冷的最好办法，就是穿上更多的衣服。对于我提出安装一台两匹冷暖柜机的建议，再三婉拒。这一次我索性明说我出钱，他们说："你的钱也是钱。"

我的父母，他们总是尽可能无期限使用所有东西，总是尽可能把钱存起来。他们这一辈人，具有勤俭节约的传统美德。更由于他们人生经历了数次突然变穷的遭遇，比如"文革"十年父亲工资停发，美德往极致发展，就变成了一种顽固的可爱的吝啬。他们质问我："如果我们不攒点钱？将来老了怎么办？"

哈哈。瞧瞧，多天真，八九十岁人了，还认为将来才老。我心一暖。这就是变老的好处之一：变老也就是在变小。正如人们常说的“老小老小”。天真原本是造物主赐予人类的珍贵礼物，每一个人都与生俱来，可惜随着成熟渐渐遗失，然而可喜的是，它会在年老时渐渐回返。

仔细想想，发现变老的好处还真不少。当你在变老，你会庆幸自己没有夭折。夭折的可怕或许并不在于你，你只是失去了活着的机会，可你父母却遭受了巨大身心创伤。

当你在变老，过三望四了，你会庆幸婴儿肥终于从脸庞消失，代之以沉静气象，你开始往明白里活了，做事情开始有点主意有点耐心了。

当你年逾五十，发现世界如此混乱，人类如此复杂，形形色色战争与恐怖从未停息，大自然不停地发怒，地震海啸火山爆发连绵不断，死神不仅威力无比还戴着种种面具偷袭：车祸空难溺水各种疾病、一颗黄豆噎住气管以及千奇百怪的意外。你会惊叹自己怎么逃过了这么多劫难，而你身边的人，还真有人没能幸免。

你在变老，六十了。站在这道由中年通往老年的桥梁上，你会发现变老的好处：你总算熬过了中年危机。这是无数成功人士比如张国荣，都无法抵御的厌世诱惑。

当你年过七十，恭喜你，这是一个里程碑，被称之为古稀之年，意思是说过了这个年龄，死也不应有憾了。而当代人类生活质量和寿命都大有提高，七十岁你也还会精神抖擞，你会精神抖擞地再次发现变老的好处：再次庆幸自己没有英年早逝。作为人类一员，你承上启下了，送走老人，养大孩子，看到孙子，如果说人生真有什么福气，莫过于顺利完成了这项人生义务，其他功名利禄，都是过眼烟云，你自己的人生经历，已经亲眼见证。

七十五以后，衰老开始加速。仁慈的岁月，依然会补偿你，只要你也仁慈。生命全程最美的精神享受，终于到来。你可以完全放松了，你可以不再假装喜欢那些你不喜欢的人了，你可以只做你力所能及的事了，你可以一边晒太阳一边回味人生就像观赏电视连续剧、一部长长的传记片，主角就是你自己。这是年轻无法拥有的享受，唯有人够老，够超脱，过程够完整，才够审美距离。

你更老了，老眼昏花了，但却因为阅历足够丰富而心明眼亮，再也不会像年轻时候那么傻乎乎，被蛊惑受欺骗，充当炮灰然后痛心疾首，悔恨不已。这个时候，你外在躯体逐渐衰败，内在智慧却日日更新，你懂得了何谓生寄死归：泰然自若，含笑归天，活得体面，死得高贵。

当然，变老的好处，专属好老人，坏老人没戏。坏老人坏起来也叫人很伤脑筋的，自私自利，自以为是，拽住权力不放，拽住名利不放，拽住社会热闹不放且尖酸刻薄攻击性强，贪婪饕餮吃相难看。不过说起来，坏老人并不是因为老了变坏，而是从小就坏。年老的脑残，多半年轻就是脑残，这就是俗话说的三岁看老。所以变老的好处，要从娃娃学起，实质上这是一门生命与成长的哲学。学好了，终身受用。

2017 年 10 月 18 日

年龄的哥德巴赫猜想

我猜：是无论潮起潮落世事喧哗你方唱罢我登场数字手机换智能，她都志不可夺。我证明她年轻的秘密是：静心，专注，自豪，真纯，善良，缺一不可。难道不是吗？

数学家认为世界上最美妙的是数学。我认为世界上最美妙的是年龄。两百多年前发生的哥德巴赫猜想，通俗讲就是1+1需要被证明，数学家们一直证明到现在。现在的现实意义应该说更在于，以数学的玄妙思考，不断冲击并打开着人类思想。像我这种数学一塌糊涂的人，最大受惠，就是敢于以哥德巴赫猜想来看待人的年龄，果然并不是1+1等于2的简单直白。这样子，年龄就很容易被自己忘记。这很好玩。

人都怕老。老外会直接拒绝你问年龄，尤其是女人，年龄是绝对隐私，你不用问，她们都在18与88之间，这很好玩。国人比较隐晦，公开都会说“哎呀我老了我老了”，私底下一定说“我不老我不老”。谁要公然说自己年轻，就是很不要脸。谁要私底下发现自己真显老，死的心都有了。这么复杂纠结的文化，细细琢磨它的逻辑，也很好玩。

老外开宗明义把年龄列为个人隐私，然后就玩哥德巴赫猜想，模糊掉年龄。形成的社会效果，反而是大家都不在乎年龄。在我们看来吃青春饭的影视娱乐界，老外的红星巨星，几乎没有小青年。英国几代007，个个都是成熟男人。新版的夏洛克侦探，也都是成熟男人。歌星席琳•迪翁，5岁开唱，12岁14岁18岁一直在唱，大红大紫还是要到30左右，登峰造极是今年的Billboard颁奖礼，闪亮压轴全场沸腾，她已虚岁50。美国脱口秀女王奥普拉，34岁才登台，57岁才谢幕，美国人民痴痴看她23年都不腻。新任法国总统，自己39妻子63，你总不能够说这个男人太赖，是找不到年轻老婆吧。这只能是一个哥德巴赫猜想了。

国人也开宗明义，公开都说自己不年轻了。你要夸她年轻，她跟你急，说“哪里啊，我都这么老了，都30了。”形成的社会氛围却很怪异：反而都特别好嫩。影视娱乐艺员，面部一个比一个光滑紧绷，都像刚刚出窑的陶瓷。连活生生的人，都叫成小鲜肉，估计还是猪肉。似乎只要鲜嫩得勾起食欲，演技都不重要了。好多次我买CD，想找吴雁泽的。谁？《草原之夜》啊，小哥，“美丽的夜色多沉静，草原上只留下我的琴声，想给远方的姑娘写封信，可惜没有邮递员来传情……”一唱三叹婉转圆润，金子般的男高音，外形也酷似帕瓦罗蒂。我们二十多年前认识的，当过邻居，我三楼他四楼，每天早晨，我一伏案开写，他正好亮嗓开练。震得我家窗户框子簌簌直响，他那字正腔圆的细腻演绎，让我热泪盈眶一次次写不下去，幸亏北京把他调走了。后来我们北京也见面，去他家吃饭，听他唱歌。吴雁泽多年都是声如洪钟，这小哥却冷冷地说：“哦，这么老，谁还做他 CD。”一句话听得我心里泪如雨下，好一个残酷的哥德巴赫猜想。

好在中国大，东方不亮西方亮，总有甘民在人间。大约七八年前，我去修鞋。修鞋匠居然是个老太婆。居然双目明亮，炯炯有神，也不戴老花镜，穿针引线，干净利索。我大惊，夸她年轻。太婆自豪道：“哎呀哪里年轻，快 70 了！”五六年前，我又去修鞋，这一次，她自豪说：“啊呀哪里年轻，快 60 了！”我高度怀疑再过几年，她就该快 50 了！真叫我欢喜。真对我励志。太婆总在这里修鞋。年复一年，日复一日，寒暑易节，日晒风吹，她还是不戴老花镜，还是肤色白皙少有皱纹。我开始故意修鞋了。过一阵子，我就会拎一双破鞋去找她。我总是坐她对面，与她搭讪，暗暗证明这个美妙的哥德巴赫猜想。我猜：是无论潮起潮落世事喧哗你方唱罢我登场数字手机换智能，她都志不可夺。我证明她年轻的秘密是：静心，专注，自豪，真纯，善良，缺一不可。难道不是吗？试想你无论多么奢华有钱，无论多么名利双收有权有势，只要你很乱很贱很虚伪很恶毒，怎么乔装打扮，还是又老又丑。即便才18，同样又老又丑。灵魂比我们想象得重要得多，一旦败坏，整容也阻止不了丑恶浮上面容。

2017年6月27日

人为什么想出名？

人为什么想出名？在无数答案中，听到最多的，大概就是名利了。

郝梦婷小朋友三周岁，面对生日蛋糕，许愿良久。久到大人们都憋不住了，都笑了，就笑问："许什么愿要这么久？"小女孩正色端然，答："唉，我也不想这么久的，越快越好呀，我的心愿是出名。" 语惊四座。郝梦婷小朋友当场出名，刷爆生日派对几家父母的朋友圈，引起无数跟晒，都感叹：现在小孩太聪明了！

现在小孩太聪明吗？司马光打破缸几岁？孔融让梨几岁？现在小孩子聪明的是地方吗？或许是地方。现在让梨会被视为二傻。价值观变了。

几年前，一女大学生，作硕士论文找到我，请教当代文学有关话题，今春已成网红。是我家的家务工人偶尔说起的：“她吗？哦她呀，她现在很有名啊！网红啊！”女硕士网红现在已是多个朋友圈著名群主，正带领朋友圈大做玫瑰庄园。积极追随者之一的家务工人，给我看了女硕士网红发的朋友圈，很名人口吻：“放心亲，有我，你不会（受骗）!”“亲，好就好在随意赚，小玩静态收益，大玩拉人赚动态，平常心对待，想不赚都难。”“看，不想成我这样（她的摆拍美图，一律华贵娴雅 + 狐狸小尖脸 + 奢侈服饰）都难。”

原来家务工人一心想要的是躺赚，是华贵娴雅 + 狐狸小尖脸 + 奢侈服饰。

如今从小到老，最想的，就是出名。更加上电视与网络的巨大平台，出名机会猛增。人为什么想出名？在无数答案中，听到最多的，大概就是名利了，正所谓名利名利嘛。且慢，还是先讲讲科学，看看猴子实验。英国电视台的拍摄记录。实验室里，一只猴子，两块屏幕，专用仪器收集猴子的目光注视数据。A 屏，画面放映水果或果汁，都是猴子的最爱。如果猴子注视 A 屏，就会得到水果或果汁。B 屏，单纯放映人物及动物图片。一般情况下，猴子都会注视 A 屏不看 B 屏，奖励效应显然获胜。然而，有两张图片，猴子宁可放弃吃喝奖励，也要定睛注视，一图是美女，一图是猴王。

猴子好色的话题咱们另说。且听科学家分析猴子为什么注视猴王？结论：名人效应。猴王是猴群中最大的名人。猴子宁可放弃吃喝都要注意猴王，那是因为猴子极度渴望自己也成为名人。猴子的定睛注视，是想尽可能多地发现猴王身上的名人信息：毛发怎么耸立？目光怎么炯炯？雄姿英发的姿势怎么摆？猴子想出名的答案呢？本能。

居然是本能！

想出名居然像吃喝拉撒一样是生命的自然需要。现在我们认识到并尊重这一点，应该是一个进步了。因为我们从前是“人怕出名猪怕壮”的。

来之不易的机会来了，却总感觉哪里有点不对劲。按说出名本能的有趣和价值所在，是在于这种本能冲动，能够极大刺激个人勤勉上进；个人的勤勉上进，又更多表现在社会贡献与负责大众，而社会与大众，则会报之以名利。忽然之间现在我们是批量制造名人了，每天都名人辈出，按说也挺好，只可惜不少名人只在乎我炫耀、我圈粉、我出名、我赚钱，哪怕他人洪水滔天。一旦感觉自己成名，立刻变大嘴巴，说话像放屁，还没有放屁有常识，痞气匪气戾气一应俱全。底线都没了，还谈什么奉献与责任？春节期间大扫除我提醒家务工人，别无端相信什么网红名人，别无端投资什么网红名人，她笑笑，很自信，说：“骗我的人还没有生出来呢。”这不，到了夏季酷暑，家务工人哭都来不及了，玫瑰庄园说倒闭就倒闭，她那点养老钱，说没就没了，著名群主也顿时失联。家务工人非常焦虑，问我怎么办？我说：“祈祷吧。”

不开玩笑，就是祈祷。我现在就是经常祈祷。我常常祈祷上帝拯救。祈祷人类能够重返猴子。祈祷进化能够按科学规律从头再来一轮。就这样，当人专心祈祷的时候，满脑子都是谦卑，都是敬畏，都是仁慈，都是敬虔，都是人类关怀的宏大主题，钱就不想了。不想钱，名利也就淡漠得多。

2017 年 8 月 11 日

BS 鸡汤

今天我依然略带羞怯并恬不知耻，依然闪身一边，醉生梦死写作，完全沉溺于对生命真实的探究与表达，丝毫不顾及世道已变。

一贯清淡务实的微信，这天开机忽忽一片红，噢，是六一儿童节，大家祝我节日快乐。尽管我的童年并不快乐，但某个年龄段一旦过去，伤逝之美就凸显出来。原浆变成陈酿，只需开启一下下，必有馥郁香气逸出。正是这股气息，刹那间让我看见了儿时志向。童年的我，被不可知的命运放置在假大空话语时代，备受压抑的心灵激发出不可遏制的豪情壮志：把真实灵魂写出来！我必须写出来写出来写出来！

幸运的是，有那么一个幸运时空，与我交集。进步与开放的机遇，让我真实的写作，获得出版获得读者获得养活自己。我甚至得意忘形到宣布自己“成功并成功逃离”，尽管十分羞怯，却还是恬不知耻地模仿纳博科夫、奈保尔这一类不耐烦社会热闹的天才作家，闪身一边，醉生梦死写作，完全沉溺于对生命真实的探究与表达。

到这里，得解释一下 BS 了。BS，bullshit 的简写，见《牛津英语词典》，约定俗成的口头禅，随着网络流行于全世界。如果一定要翻译，大意约为胡说、瞎扯、鬼话、骗人、狗屎以及文字方面稍微高级一点的故作深奥、伪装哲理、装腔作势、玄而乎之。咱们中国什么都有自己的特色，BS 当然也有，那就是鸡汤文了。我的老阿姨，喜吃卤牛肉，外面买的，要么嚼不动要么无牛肉味。无牛肉味的著名某牌“美味卤牛肉”，广告写得很诱人，主要配料却是大豆分离蛋白加红曲红。回头我一而再再而三地寻觅，找到了清真牛肉铺子，买了上好部位的牛肉，腌制 24 小时余，选择适合老人的天然卤料，守着火候，慢慢卤炖，成功做出了味道鲜美、入口酥松的卤牛肉。送过去，老阿姨却未见得特别欢喜，因为她知道这样烹调很花时间，觉得我迂腐，就开导我：“现在市场这么丰富，这个牌子不行再选其他牌子，总有一款适合咱！”“别花这么多工夫做菜，工夫要花在提升自己，当心被时代 out 哦！”能够说出时髦的“out”，老阿姨很得意，更是话如泉涌，那是要教导我。老阿姨说：“你呀，得豁达一点，看开一点，缘分一场嘛就是目送。”又说：“像你，就不要还这么辛苦写作了，又不玩微博，又不是大 V，别硬撑着了！”老阿姨认为我的人生，现在进入了保健阶段，广场舞不错！她流利诵出鸡汤文：“当放手就放手，该享受就享受，晨歌夕舞为健康，懂得珍惜就富有！”我说什么，她根本不听。人家已经不屑于对话与细聊了。BS! 鸡汤不仅灌满了老人脑袋，年轻一辈，更被满溢，兄弟姐妹逢年过节都不亲手写信，只转发鸡汤。比尔·盖茨肯定做噩梦都想不到，网络的发明对中国起到的巨大作用，是催生了中国式鸡汤文。

问题是我的老阿姨又出事了，为了达标“新时代老人”，免费被请到高级会所听著名专家的讲座，然后主动掏钱购买了大量保健品，花很多钱，结果人还吃病了。我掉头又往医院跑进跑出。医院人山人海好比节日的超市，同样也充满了 BS 鸡汤，只不过内容转换成了疾病与健康，老阿姨继续被洗脑，这个惨！

我倒是安然无恙。我一如既往沉溺于童年志向，更加精心烹饪卤牛肉。发现BS，抬手就删。在日常生活中与自己认真地细腻地相处，每一天，每一刻。这么说有点夸自己的肉麻感，感觉我一点都没变，我年轻时候冒出来的那种略带羞怯的恬不知耻，被我多年如一日地，锲而不舍地保存下来。今天我依然略带羞怯并恬不知耻，依然闪身一边，醉生梦死写作，完全沉溺于对生命真实的探究与表达，丝毫不顾及世道已变。BS 鸡汤对我也完全无效。我觉得我很幸运。

2016 年 6 月 4 日

作家最扯淡的一句话

其实世上根本不存在什么体验生活，只存在生活。

作家最扯淡一句话，被我发现它扯淡，是今年年初。

年初这一天，我从汉口火车站乘坐高铁去往沔阳。我写长篇，素材涉及沔阳，特地前往沔阳城关踏访。沔阳人大多还是说沔阳，官方则坚称仙桃。网上买票，脑子里出现沔阳城关，手指输入的是仙桃西站；现在太乱象了，一定要学会手脑分离、口是心非。

这是我首次乘坐该趟高铁，高铁通了想必是又快又安全的，以前长途汽车，司机揽客兜圈、严重超载、车匪路霸我都有遇到。高铁的确快，四十多分钟，一个叫作“天门南站”的车站到了。天门与沔阳接壤，只一江之隔，那是汉江，这块地域素有“天沔”之称。

就在这时，诡异事件发生：分明是天门南站，沔阳人却纷纷准备下车。我独自出门，最怕误站，赶紧问沔阳人为什么在天门南站下车？沔阳人喜说俏皮话，这样回答："哦你去仙桃市吗？请在天门南站下车。哦你票是仙桃西站吗？那你应该是去天门市。"啥意思？我还蒙着，车已停站，沔阳人一窝蜂自顾自下车了。所幸列车员比较好心，赶紧催我："不管票了！你就在这里下车！快下快下！只停两分钟！"刻不容缓不由分说，我急忙下车。下得车来，还在站台上东张西望，高铁已速奔仙桃西站去了。顿时傻眼，只好致电沔阳熟人。熟人惊愕："啊你作家连这都不晓得？中国最搞笑高铁站名啊，网上到处传呀。天门南站，离仙桃市中心很近，离天门市中心反而很远。仙桃西站呢，离仙桃很远，倒是离天门市中心近。为什么？鬼晓得！现在的事么，不都是瞎搞。你们作家喜欢体验生活，今天你就当体验生活吧，不着急啊，天门你不熟，就等在那儿不动，我开车去接你，很快就到，才三公里，先委屈你体验哈子生活啊。"

委屈你体验一下生活？体验生活？有点意思。在我长年累月的写作生涯里，这是一句惯常用语。此前浑然不觉，此刻忽觉刺耳。不过，没完，两天后的返程还有奇遇，一并小结。

返程是临时决定的，我得临时赶到火车站买票。天气寒冷又重度雾霾，下了出租车，我尽量想快，自然就选择了最短的直线距离：穿过阔大恢宏的站前广场。即刻听见有人高喊"喂喂！"一协警跑过来，要将我驱离广场：原来广场不让人走！为什么？协警的口气耀武扬威、斩钉截铁：上面规定！我一听，不由火冒三丈。火车站站前广场，就是为旅客行走的，这是走遍天下的道理与常规。基于这一趟高铁往返的种种荒诞，我终于无法忍受了。我说："上面怎么规定的？请你说具体，不然今天我就站在这里，不走了。"咦——搞邪完了！协警恼火道："好好好，我就让你明白明白！广场大理石很豪华很贵的，踩坏了你能赔？这个站前广场，是我们市与国际接轨展示和谐小康社会的窗口，都给群众走，一下就踩坏，不是破坏国家财产吗？听懂没？还不给我退！"协警把他的手，极具威慑地搭在了警棍上。

我则摸到了手机。我得拍照发上网络，得打媒体热线。作为全国人民代表大会代表，我得代表人民请教一下天门市领导或省里更大领导。我想我一个个电话打出去，事情或许会闹大。或许，今天我就应该为自己同时也是为所有旅客人民，索回行走在站前广场的权利。对峙片刻，我放下了手机。算了。我没有时间与协警纠缠。算了，秀才遇到兵，有理说不清。算了，就当自己在体验生活吧——我退出了广场。

随着我屈辱的脚步，我走进自己屈辱的内心，刹那间，"体验生活"这句话，被我发现是多么扯淡！

看来我最大的专业本事，并非虚构他人，主要是虚构自己。在现实生活的关键时刻，我把自己摘出去，搁在一个叫作“体验生活”的虚构位置，袖手旁观、苟延残喘，慢慢平息、平息，直至平庸与圆滑。

其实世上根本不存在什么体验生活，只存在生活！还有什么可说的？万千思绪。备感羞耻。

2016 年 9 月 28 日

我的人生还是不及格，天啦

一个人，究竟需要多少年？长到多少岁？才能够在遭受有意无意、自觉不自觉、恶意非恶意的践踏的时候，能够不惑不怒，应对自如安之若素？天啦，太难了。

很奇怪，但也不知道为什么？我们习惯把人生当作一场考试，都希望自己能够交出一份满意的答卷。正确答案，两千多年前就有了。起源子曰，传为古训。简要为：十五志学，三十而立，四十不惑，五十知天命，六十耳顺，七十从心所欲不逾矩。

而我，除了第一条，其他的，都做不好。近来时运不佳，连触霉头，大事且不说，就连芝麻皮儿琐事，也无端纠结，弄得我很困惑，很质疑天命，很见不得一些反常识的事，很听不得一些反常识的话。原本三岁，我就是一安静小孩，喜呆僻静角落，远离热闹自己玩儿，不对人说重话；人若对我说重话，我也只躲开。怕人，躲人，是我最主要性格特征，也可能是一种心理压抑。心理压抑是我的自我诊断，来自我渐渐长大，读了一些心理学、心理分析、弗洛伊德、荣格等等之后。我得知从小心理压抑的安静人，反而有突然爆发的危险，所以其实我时常提醒自己要见怪不怪，笑对人生。

前天端午节，我特去集贸市场寻艾蒿菖蒲栀子花，端午节的这些时令花草，必是新鲜采摘过来的才好。正在买花，城管来了，卖花老太夺路而逃。就这，一点小事，我突然爆发了。我护住老太太，要她只管卖花。然后冲着城管，出言就不逊："这是端午节啊！要讨个节日的喜气知不知道啊？看看人家这七老八十的老太，天刚亮就起床摘花，又车马辗转赶到市内，她容易吗？她不也是给城市人民过节来了吗？什么叫作一律不许占道经营？这个道就是集贸一条街啊，城管应该是把这条街管出和谐来吧？大家都在高高兴兴卖花买花过端午，干吗非要赶人走、扫人兴、闹矛盾、搞冲突？就不能够有点常识？"城管们还不错，不吭声，干瞅着我，互相使眼色，默契地决定懒得搭理我，恐怕是担心有人手机拍了，发到网上，造成舆情。这年头舆情是大事，出了舆情会被摘帽子的。于是城管们心平气和，只说算了算了，卖吧卖吧，赶快卖了走人。忽然我意识到：是我错了！我脾气很大，嚷声很大。就我这个年纪，还这么激愤，说好的笑对人生呢？对照标准答案，不及格。

为此，我再次测验了自己。我投诉了一个护肤品牌的某款面霜。

事故简单：一支面霜开封，挤不出来，再一用力，突然喷了。扑哧出来的并非霜剂，是油水霜分离液体，无法使用。该种异状，去年秋冬我已遇到，后面几支也这样，去柜台问，说是别的客户也有，说是公司也发现这款产品出问题了。怎么办？不好办。都开封了。都挤出来了。柜台只是销售前端，又不负责产品质量，建议联系总公司客服。不过几支面霜而已，一忙就搁下了。今天决定致电热线，主要是考我自己。想看看自己表现如何？能够认命到什么程度？能够耳顺到什么程度？

电话打过去，客服左右和你绕。模式化语言的假礼貌，自称正宗大牌的真傲慢，都很考验我的耐心。终于把客服逼到谈退换。然而：不管去冬今春购买，应确保出问题面霜还有三分之二以上的容量！应提供正规发票而非会员卡电子记录！应告知购于哪个城市哪家柜台！如是北京，客户应赴京交涉！否则抱歉，我们无法帮到你！当今地球村互联网高科技时代的 20 分钟，就将人类最古老的货币交换基本规则，摧毁得荡然无存。我还是丧失了理智，怒火中烧，挂断通话。唉，我还是不及格！

这是我自己对自己有意识的测验，相当于开卷考试，我不知道我为什么还是不及格？似乎对于我来说，年龄和阅历的增长，不会让我见怪不怪，只会让我更加心明眼亮。而心明眼亮，不会让我假装糊涂，只会让我更加容易透过现象看实质。每当看到一些自私自利的投机取巧行为，以种种伟光正面目出现，花言巧语蒙哄大众，这时候我比十三岁或三十岁，更加无法冷静，主要是感觉自己的智商受到了羞辱。智商受到羞辱那又如何？谁能够确保自己智商不受到羞辱？为什么偏偏我就比别人敏感且易怒呢？唉一个人，究竟需要多少年，长到多少岁，才能够在遭受有意无意、自觉不自觉、恶意非恶意的践踏的时候，能够不惑不怒，应对自如安之若素？天啦，太难了。

2017 年 5 月 31 日

遭遇北京蚊子 流在北京的血

我想了半天也想不通自己，作为人类，为什么总是记不住血的教训？！

北京初夏的夜，比武汉凉爽得多，温度其实差不多，主要北京干，所以爽。武汉潮湿带来的闷热，唯有用阿Q精神才够抵挡。我其实也就是一个女阿Q了。数年如一日地，我只看潮湿闷热的优势，那就是：特别润肤。润肤肯定是要付出代价的。不过话虽这么说，近日赴京参加中国作协会议，还是非常享受北京夏夜的凉爽。

享受大约是一种需要非常警惕的个人状态，稍微放纵，便滑到反面。一连两个夜晚，我都不开空调只开窗，于十楼窗边，深夜看书，凉风拂面，北京真好。于是第三个夜，索性把窗推开到最大，结果，悲剧了。我原本特会睡觉，猪睡类型，躺下关灯，即刻入睡。突然，耳边一阵嗡嗡，蚊子来袭！我立刻惊醒，翻身坐起，打开灯，找蚊子。同时十分后悔自己沉溺于享受，忽略了北京也是有蚊子的。武汉自然有蚊子，亚热带，水多蚊多，从小就被咬得浑身起包，皮肤抓痒抓得稀烂，那都算小意思，被咬得生病打摆子，何止一次两次。炎夏课堂上，骤然寒冷入骨，瑟瑟发抖面如死灰，老师一看就知道是疟疾发作，就叫我赶紧背书包回家盖棉被。可是行到路边，两腿发抖再也走不动，只得蹲在道旁抱着肩，牙齿直打磕，得熬到恶寒过去发起高烧，才能踉踉跄跄回家去。一场摆子要打好多天，又难断根，时常复发，打得人死去活来痛不欲生。长大后学医，专业恰巧是流行病防治，才知道原来小小蚊子，却是地球头号杀人凶手，被它杀死的总人数，远远超过人类战争死亡总人数，每年都会致使几亿人患疟疾，近百万人因病死亡，经济损失一直持续增长，估计现在都上百亿美元了。厌恶上升到仇恨，个人私怨上升到家国情怀，当时作为一个年轻气盛的流行病医生，曾经发出狠话：一定要消灭疟疾！我没敢说消灭蚊子。蚊子实在太强大了。因此对于武汉蚊子，我从来都不会小觑和大意。任我睡得再熟，只要蚊子飞来，哪怕只是它那微小的翅翼，扇过我的皮肤，我皮肤上汗毛都会即刻竖起，立刻把敌情传输到大脑神经节，双手迅疾做出扑打动作。作为长江流域的子孙后代，世代祖先都生息于由重庆到上海这一条水系，大概基因早已写进蚊子的伤害，所以我天生武功甚好，不仅可以单手抓飞蚊，还可以黑暗中盲抓。万万想不到的是，北京蚊子太聪明了！我灯一开，它就躲了，满屋子都找不到。灯一关，佯装睡觉，我以为它会来，可是北京蚊子，它偏不来！它看穿了我的伎俩。它耐心等待我真睡。它深谙人类睡眠生物钟力量的难以抗拒。我坚持了十分钟，二十分钟，三十分钟以后，我就熬不过瞌睡了。好吧，这个时刻，它出动了！小旋风战斗机一般，不停地飞来飞去，我一再惊魂，心烦意乱。开灯，关灯。开灯，关灯。并不漫长的夜，却是一场漫长的游击战，耗得我精疲力竭。最后我想了一个自以为绝妙的战术：大开空调。低到室温 19 度，就算冻不死蚊子，也应该解除了它的攻击能力，至少当年大学的《流行病学》是这样讲的。我自己则把被子裹紧，床罩枕头都堆上保暖。

然而翌日起床，镜子面前一站，上帝啊，我的脸，几乎变成畸形，鼓着三个极为坚挺的红肿的大包，并且开始奇痒，并且又一连几个大喷嚏，看来蚊子没有冻死，我自己倒是冻感冒了。强烈复仇愿望唤醒了我流行病医生职业捕手的本领，我屏息嗅闻，循着一丝若有若无的血腥气，很快找到了蚊子。它在床边地毯上，因吸血过量腹胀如鼓而行动迟缓。我毫不犹豫就拍死了它。鲜血溅出，染红地毯，清晨明亮阳光下，竟如此触目惊心。我使劲擦地毯，但北京国务院二招的地毯上，还是留下了我流在北京的血。面对血的教训，多条记忆突然复苏：近年的夏季，我已有多次在空调房间被蚊子叮咬！现在的蚊子，已经很适应并似乎很喜欢空调的温度！现在的蚊子，冬季都叮咬过我的脸！现在的蚊子啊，已经与时俱进，非常强大，知道吗？我是知道的！我想了半天也想不通自己，作为人类，为什么总是记不住血的教训？！

2017 年 6 月 19 日

生命实苦，我拿文字变一变

假设我们说话行文，都更注意隐恶扬善，给他人留一点转弯余地。难道不也是对我们自己更好吗?

7 月 15 号周六，一如往常，周休我会浏览一下网上新闻。不经意点开了一段视频，顿时毛骨悚然：湖北宜昌夷陵大桥，一清秀小男生，弯腰放下手机，转身，起跳，纵身一跃，越过栏杆，投江自杀。7 月 7 日 8 时 6 分。此刻正是上班高峰，车水马龙行人匆匆。男生在人间做的最后一件事，就是清空了所有好友，把自己头像换成黑点，把微信名改成“离线了”。这一瞬间的小男生，神态行若无事，动作轻盈矫捷，分明充满生命活力青春弹性，却是直接赴死。据说男生 17 岁刚过，初中后没再上学，理发店打工，幼年丧父，母亲平时也见面不多，主要手机联系。他发的最后一条朋友圈是：“最后怀疑一次人生了”。可见早就起了轻生念头。可惜没有任何人在意。小男生如此年轻，真是太可惜了。生命果然实苦。

回头细看新闻。跟踪延伸报道。我希望看到：悲剧变喜剧。我长江边长大，见得多了。跳江自杀往往并不等于死亡。跳江被救起的人还挺多。跳江以后几天几个月，突然回家的，也不止一两个人。特别是发水期，长江漩涡巨大，水流湍急，把人呛昏、卷走、冲走、搁浅偏僻弯道、甩上荒芜浅滩，甚至还有人不好意思马上回家索性先在外打工的，诸种情况，都有发生过。因此我期待好消息。或者说，我一直祈祷好消息。

却没有好消息。就连新闻的表述文字，都散发出很多坏气息。上述视频，调取于警方的天网监控。天网是不间断监控，所以可以看到下一个情节：男孩跳江 6 分钟后，一女子路过，捡起了手机。也正因这女子捡了手机，正因她说了夷陵大桥，男孩家人才跑去调看夷陵大桥的天网，才发现男孩两天前就跳江了。从新闻的零散文字不难推测：女子在不知情的前提下，第一，没有马上开机；第二，后来要失主家人拿 300 块钱取手机。男孩家人一听就怒了：我人都没了，你还敲诈！你没良心！你冷血！女子这才明白她捡来的这部手机涉及人命，但她也立刻就怒：她认为她并不知咋回事却被骂，加上最初想图点小利还是心虚害怕，想躲麻烦，反嘴就说“手机别想了”。

新闻主要抓的，竟是这处剧情，并不是首先紧急呼吁并密切关注长江沿线搜救。新闻标题是：“可恨！她捡走跳桥自杀男孩手机拒还家属”“怒转！宜昌17岁男孩跳江自杀，她却在现场这么做……”形容词很重，“……让他们心碎的一幕……令他们愤怒的是，仅仅6分钟以后，一个路过女子捡起了手机……如这女人捡到手机第一时间与我们联系，说不定弟弟还能抢救回来。姐姐泣不成声。” 点击量马上几十万。网友张口就骂动手就撕，尽管后来统统被删，男孩母亲已更受刺激，痛苦指数飙升，也到上网发文“…… 更可恨的是，儿子留在世上唯一遗物手机竟被一名冷血女人捡到后不予归还，甚至还敲诈我们钱物。难道（谴责）？难道（谴责）？难道（谴责）？恳请良心发现，归还手机。” 事情一下子被顶到死角。所有人都更加痛苦。而男孩生死未卜，搜救则被完全忽略。

生命实苦！且让我拿文字变一变，其实大可以这么写的，标题：“紧急！赶快搜救跳江男孩”“致谢！白衣女子恰巧捡到手机实为有缘”。姐姐说：“好感谢这位陌生女子说了夷陵大桥，否则失联弟弟至今都不知下落。”母亲说：“我深信儿子还活着，恳请各方加紧搜救！儿子唯一留下了手机，捡到这个手机的女子和我们有缘了，我盼望尽快面谢。”

假设是这样，结果会怎样？ 假设我们都以拯救生命和善待生命为第一要义。假设我们说话行文，都更注意隐恶扬善，给他人留一点转弯余地。难道不也是对我们自己更好吗？谁敢说自己永远不会遭遇意外需要帮助。谁又敢说自己永远不会犯傻尤其是无意的。可惜这桩不幸已经发生，无法假设了。可惜这不是假设，是现实。可惜这种现实，经常发生在我们的生活中。可惜。可惜。

2017 年 7 月 24 日

我喜欢世界上所有好东西，
我同时更需要：见自在物，
生欢喜心。

第八辑

生命是用来挥霍的

成为皮肤党

人总得要有点理想，难道“泽润净白”就不可以是人生理想之一吗？

不管你是否自愿加入“皮肤党”，你肯定已经是一个皮肤党。

当今之世，还有谁，甘愿自己的皮肤暗沉、哑黑、长痘、长斑、干燥、粗糙、眼袋肿大、法令纹加深、鱼尾纹加深？没有谁。我与女大学生聊天，原本主题是文学，聊到后来，发现她们对化妆品的钻研程度之深，个个都像化学系的。哪个品牌含有哪些成分，什么硫辛酸、丙二醇、抗坏血酸，以及香桃木叶提取物，张口就来，如数家珍。有些女生来自农村，父母都是打工一族，家庭并不富裕，但是哪怕省吃俭用、骨瘦如柴，面膜肯定是要敷的。

我经常去的菜市场，有一家卖大蒜头、生姜、黑木耳的干货摊子。那天坐摊的女摊主，吓我一大跳，只见她满脸鲜肉赤红的，我以为她烧伤了还坚持出摊，可是人家自嘲道："打斑了。一颗斑五块钱呢。贵死了。花我好几百。都怪我臭美呗。"我们楼道的保洁工，一段时间不见，和广场舞姐妹们到海南旅游了一趟，很兴奋，说这次最合算的，就是买到了当地的珍珠粉，自制面膜，比超市的便宜太多。这是女的。现在男的也"党"。前几年参加香港书展，见到一位青年男作家，一张脸精致到妖娆，光滑紧绷，唇红齿白，不用说，明显就是一个死忠的皮肤党。还有那些娱乐界的"小鲜肉"们，就更不用说了的：男性一旦成为皮肤党，那个气魄和出手，不是一般女性可以比。他们会"党"到不仅动用化学手段，还敢动用物理手段，动刀子拉皮削骨，眼睛都不眨。

再如我，一贯号称君子不"党"的人，也早就在不知不觉中，成了皮肤党，并且还挺乐意接受皮肤党好友的监督。好友认为我应该坚持使用维生素C精华素，我再怕麻烦，也会努力坚持。好友经常教导我："你可以不上彩妆、可以不堆砌七八上十层化妆品，但是基础护肤的三部曲，你怎么也得坚持。"我入脑入心，积极落实在行动上，三部曲长期坚持，已经习惯成自然。

人总得要有点理想，难道"泽润净白"就不可以是人生理想之一吗？可以。人总得要有点尊严，"可以老去，不可以脏去"不也就是人生尊严之一吗？完全可以。

事实上，成为皮肤党以后，你会渐渐发现，皮肤的外在保养，还只是保养皮肤一个方面。更重要和更强大的方面，在于内修。内修有物质与精神两个体系。物质体系是饮食睡眠，精神体系是品质修养。真正的皮肤党，或迟或早，总会发现和领悟一个护肤真谛：必须内外兼修，皮肤的洁净润泽才会恒久有望。

不知道会不会有人像我这样，细致观察土豆的皮肤和西红柿的皮肤。它们的皮肤太好了。尤其那些生长壮实、本质良好的土豆、西红柿，皮肤格外光泽细腻、极富弹性。它们当然不靠护肤，当然也没有一天到晚贴面膜。由此我领悟到的是什么呢？是皮肤这个东西，根本就是一道异常坚韧的屏障，正是用于抵御外来侵蚀的。因此外在的涂抹，要它吸收，非常不易。所以我们人类为护肤所做的外在功课，尽管是有效的，但肯定是有限的，只有同时匹配上好品质的内容，皮肤才会真正好。自然规律不可阻挡，是人就会老。当青春逝去，胶原蛋白减少，新陈代谢降低，皮肤趋于黯淡无光，你唯有向着善良、宽容和仁慈，一日日更新，一次次蜕变，回复儿童般单纯的信仰，倚靠光明景象生活——尽管那光明景象或许只是一个神话一个寓言，但是神话寓言总是在着，我们世世代代难道不是广泛流传着那些古老的神话寓言吗？谁的生活当中没有？归根结底，就看你自己怎么看待、怎么感受、怎么取舍。如果你取舍得当，坚持修养，那么你的内心光华，就会透射颜面。说白了皮肤的养护，到底也还是逃不出道德修养——老一套又来了——这里自然想到了路易斯•格丽克的诗句（格丽克是2020年诺贝尔文学奖得主，我这里引用她诗句的时候奖项还没有评出，我引用的是2016年中国翻译出版的诗集）：

当我把这些告诉我的孩子
他们并不在意。
老人，他们想——
这是他们一贯做的事情；
谈论谁也看不见的东西
掩饰他们正在失去的那些脑细胞。
他们互相挤眼睛：
听听这老人，他正谈论精神
因为他都记不得椅子这个词了。
……
……
我记得椅子这个词
我想说——我只是再没有兴趣了。

我想说的是，皮肤党是一辈子的事呢，怎么可能撇开老一套！最关键的是一个人的做人，不要那么凶，不要那么横，不要那么自私自利、急功近利、唯利是图。你本质上是一个什么样的人，你最终就会有一张什么样的脸。

2020年6月10日

时尚那一点小灵魂

自己是谁，还一无所知，我们怎么知道什么样的衣着恰好匹配与彰显我们的个性？

穿错了！又穿错了！穿错了是女人内心永远的痛，与错的婚姻一样。甚至，更甚。婚姻可以离掉，可以再来一遍，也可以永不再来。而穿错那一刻，你就被钉在了自己历史的耻辱柱上。因为没有任何涂改液，可以把这一刻抹掉重来。人生没有重来，纯粹一次性消费。更为糟糕是，尽管你警告自己不可再错，但下一次，你又错了！

三八节这一天，法国大使顾山先生，举办了一个冷餐酒会，在北京的法国大使馆官邸。欧美不叫三八节，叫“国际妇女权益日”。吃喝之前，有一场论坛。我得上台与其他几位中法两国嘉宾，讨论一番妇女权益。长话短说。总之嘉宾健谈，台下观众踊跃，整场讨论热热闹闹，恰好配得上这个冷餐酒会。我要说的是酒会之后的故事。

酒会之后，天色已晚，宾主都忙于离场回家。听众之一的G女士，中国人，做法国时尚品牌代理的，又约我，约得非常恳切和急迫。我猜测：G是否遭遇了严重的职场歧视或家暴。于是当晚我们又相见在我下榻的酒店大堂。孰料一见面，我大错。G满腹幽怨的是："你们太土了！"今天我们中方嘉宾的穿着土气，令G羞愧难当，她实在不吐不快："池老师你知道吗？似这等高层次的国际论坛，你们几位都是各行业精英人物，竟穿这么土，与深谙时尚的法国女精英，并肩坐台上，简直不忍目睹。我在中国都做了十几年代理了，辛辛苦苦推广时尚，到如今，你们还穿错？真丢脸！"

我肃然起敬，原来人家是民族情怀，忧国忧民。还好，据她说，就我还算没大错。我的错，只是过于保守。G强烈建议我OPEN起来时尚起来。"真的"，G真诚到要哭的那个模样，双手合十，对我说："拜托了！"而我如何OPEN如何时尚，G可以完全免费做我的咨询师。

好的。那我们就再约吧。再约再约一定再约！然而，我再也没有允约。

我何尝不想时尚呢？中国哪个女人不想时尚？我得公允地说，这次酒会的穿着，我们中方几位女性的穿着，显然都有精心准备和考量，显然人人都已尽力：年轻一点的，一身奢侈品牌，还冒险穿低胸。年长的，羊毛衫胸前绣花绣朵，毛呢西裤烫得笔直，且散发着樟脑丸的淡淡气味，这说明什么？说明人家把压箱子底的好衣服都拿出来了。我在其中，算不老不少，以黑色为主，比较宽松随意。不过好吧，我等几人合在一起，与法国阵营相比，的确显得土气了一些，低胸穿出的也只是艳俗。因为，我们年轻的，以为奢侈就是时尚、名牌就是时尚、时髦就是时尚、漂亮就是时尚。我们年老的，以为上好羊毛衫和高级毛呢料子就是漂亮和经典，以及有品位。我们不懂时尚可能是奢侈或漂亮的，但是奢侈和漂亮并不等于时尚。要说漂亮，还有比古典蓬蓬裙更漂亮的吗？那是何等惊艳的造型：束胸挤出深深乳沟，裙撑营造出纤纤细腰，质地精美工艺繁复，绮靡豪华登峰造极，足足兴盛了三百多年。然而，香奈儿小姐那并不中看的女裤出现了，它顿时就是能够让女性像男人那么酷。黑色超短裙是香奈儿的创新绝活：除了让女性倍感解放，还让性感直接喷发，纤腰和乳沟顿时就显出笨拙和臃肿来，时尚就这样来了！牛仔裤，原本一钱不值，放牛汉子穿的，却被戴安娜•弗利兰推向了全世界。放牛汉的粗犷与奔放、惊险与刺激，是多少人骨子的渴望；而裤子不显脏又经磨、磨破了还更酷，又是多少人内心深处的真实向往，时尚来了！一件衣服，唯有穿出人的灵魂和个性，这才是时尚。而你的灵魂，足够了解你的性格和外貌，完全懂得衣着即个性，这才是时尚。可怜我们的精神世界，被狭隘局限在原始与爆发两个阶段的混合期，要么遮羞保暖、要么摆阔有钱，怎能时尚起来？自己是谁，还一无所知，我们怎么知道什么样的衣着恰好匹配与彰显我们的个性？

如果说事到如今，我们已经有那么一小部分人，慢慢伸出了手，试图触摸时尚小灵魂，那么，我们首先得有能力触及自己灵魂：我是一个怎样的人。

2016 年 5 月 15 日

现在流行简单粗暴

人一旦自恋，很难免执念。执念一旦生出，心智很容易迷糊。

头发真是三千烦恼丝：没有，很烦恼；有，也很烦恼。拥有一头好发，很容易自恋。人一旦自恋，很容易产生执念。执念一旦生出，心智很容易迷糊。迷糊了就容易是非不辨黑白不分，就会更加认可那些名叫“美发美容工作室”“臻美堂”之类的理发店。

多年的教训也让人分明知道，这一类店名，主要代表高价格。但人就像中邪，在前一家“天堂人间”突然关门卷款跑路之后，细心寻找的下一家，还是叫作“人间天堂”。你还自以为很警惕，也自以为经验丰富，进店并不急于理发，提出先与发型师沟通。店长赶过来，推荐最高级别的首席。首席登场，不同凡响，发型摩登，异服奇装，围绕你端详，小指头弯弯，拨弄你发梢，点点头，蛮有把握了。洗头工立刻带你洗头。洗罢送你进入贵宾间。首席理发完毕，忍不住自夸：“你看你看，多漂亮发型！我就是和别人不一样嘛！你简直可以直接坐在巴黎最繁华大街上喝咖啡了！”这种肉酸的话，只因是自己头发，就是不觉得肉酸，还跟着飘飘然。最后付费，一个简单的算术题，就像饿狼一般在这里守株待兔：除了烫发精肯定是用的最好最贵的以外，首席发型师价格368元，如充值办卡，立刻尊享会员待遇，只付220元；而你充值越多，优惠也越高；充值过万元，立刻大打折：只付110元了。事实就是这么简单粗暴。你必须首先交出钱来。你必须选择。你别无选择。假如你不愿意选择，顿时巴黎不见了，发型师不见了，店长不见了，只有前台一张涂脂抹粉模式化面孔，反复洗你脑：“钱还是你的！都是你的！只是存放在卡上而已！放在卡上你其实赚了！头发总是要不断打理是不是？你头发这么好，值得更好的呵护是不是？”

然后沉吟再沉吟，其实沉吟是无用的。遂咬牙，充值，办卡。几天以后，你慢慢冷静，发现你的发型，还是从前那个老土发型。再几个月过去，忽然理发店的卷闸门落下，又是“本店装修 敬请期待”。又是为会员卡退款开始烦心的漫长的扯皮。扯皮尚没结束，头发又长了。发誓要更细心找一个更好的理发店。再一脚踏进店门，再一场悲剧重演。直至我遇上发子。发子一语点醒梦中人。

男孩发子，洗头工，艺名杰克。替我洗头，第一次是随机偶遇，此后是专属。我只要杰克洗头。他再忙，我也等。烫发上卷发器，我也只要杰克做。每次我都要衷心说出谢谢你。因为杰克热爱理发这个专业，眼睛发亮盯着发型师瞟学，洗头手指有劲道，用力到位，卷发器上得一丝不苟，又少言寡语，并不是开口就推销洗发水，坦承店里洗发水是桶装大路货，建议我自己带洗发水来。惊喜！在我的理发史上，这是一个绝无仅有的惊喜。这样子杰克就和我熟了，小声告诉我："我叫发子。发财的发，儿子的子。我连 ABC 都不懂，不想叫什么杰克，英文名是店长给取的。"

我说："好的发子。"

如果世上有缘分这一说，这是不是也算一种小小的缘分：彼此有说几句真话的意愿。

有一天，在大街的三角岛等红灯，我和发子碰到了。那天发子很快活。说他要去学做发型师了，三个月回来，就不再是洗头工了，收入顿时就上一档次了。我恭喜了他。

但是，只要三个月就能够学到手艺么？

发子说："么样？三个月还不够？学徒三年？我的天，我都已经饿死了！"

发子笑指大街，说："这满大街的东西，学什么需要三年的？

哪有那么麻烦！哪有那么多时间？赚钱就是要手快！就是要趁早！就是要心狠！这不是我说的啊，这就是现在规律，都懂的。姐姐你呀我看你倒是要多加小心，只要有人耐心和你瞎掰，那都是要掏你口袋的。人家都是装、是演，转身就笑你傻。结果呢，该是地沟油还是，该是啥发型还是。什么首席呀巴黎呀，等我回来，给你剪头，包你满意，咱绝对不用花言巧语骗钱，咱凭手艺，咱就是天才的理发小子，呵呵！姐姐你可看清楚了，这满大街流行的就是简单粗暴。现在都是简单粗暴了，没有例外。”

绿灯亮了。发子走了。我呆若木鸡。顿悟让我看见了自己的种种迷误。三个月以后发子没有回来。三年后，发子还是没有回来。我再三打听，店里小伙伴都只说：“得病死了。”这回答真是简单粗暴。什么病？不知道。还是简单粗暴。

一个深夜，我来到大街的三角岛，把一束在江边采的野花，系在围栏上，悼念发子。一条生龙活虎的年轻生命，说没就没，店里小伙伴都懒得知道详情，现在真的，是太简单粗暴了。协警跑过来，干什么干什么？我告诉他这是为了寄托哀思。他好像没有听懂我的话，一脸麻木阴冷，只管狐疑地盯着我。等我人一离开，他立刻就扯下花束，丢进垃圾桶。就是这么简单粗暴，现在人心都不像是肉长的了。

2016年8月23日

远方没你会更好

嘿，远方没你会更好，朋友你说是吗？

收到一份快递，月饼，哦中秋节到了。哦里面还躺着一张信笺。啊啊信笺！赶紧手指展开，心里居然抖抖，同时涌出一股歉疚，歉疚自己多少年没有亲笔写信了，对于这个人世间，我早已无信——既不再收到也不再写——那种我们曾经称之为信的东西：有点私人、有点文艺，有一份微妙与亲密是连面对面都无法传达的彼此懂得。

而今天，我居然收到了一封来信：有抬头称呼，有结尾落款，内容微妙又亲密，钢笔手写，纯蓝墨水，初秋时节，迎风而立，微凉中展读友人来信，纵然真的我已经是个淡漠成性的人，也还是被激起火样热情。因此这一天我的日子充满喜色，慈祥到看什么都不挑剔。在物质主义泛滥的当今，居然有这么一种偶尔，一张薄薄信纸，很魔术地制造了难得的心平气和。就这样，今年我的中秋节假日以及稍后的十一假日，便拥有了一个风轻云淡的愉快开头。

感谢上帝！今天这个愉快开头，不仅是良好的，还极具启智性。让我蒙昧的双眼，看到了扎扎实实的社会意义，由于我的个人愉快不会妨碍任何他人，所以显得非常知趣和比较公益：对交通堵塞、大街拥挤、制造公园垃圾和花草践踏，对城市噪音声浪降低，对降低灰霾与平复扬尘，均有百利而无一害。

其实小友并不远，就在本市，江的对岸，如果现在还是从前的秋高气爽碧水蓝天，我俩就看得见对方的高楼。约个咖啡约个茶叙，约个饭局约个出游，是很简单的事。但是小友选择了写信，我选择了读信，并选择了持久感动。我们懂我们的不约。且不说现在茶叙饭局烦乱无聊，到处高分贝乱噪，手机更是霸道喧宾夺主忍不住拍照或刷微。而一起出游度假，无论是跟团，还是自驾，恕我把它称之为灾难或者自杀。自驾至少要备足瓶装水、手纸、卷纸、消毒湿巾、尿不湿和止泻药，要对高速公路塞车和风景区泊车的惊天高价以及沿路的吃不饱睡不好洗不了澡，拥有超过常人的心理承受能力。跟团亦然。虽然没有了照料私车的烦恼，但是也失去了私车所拥有的个人空间。这可是整个旅程唯一一点私人空间，不然你就必须无时无刻与他人摩肩接踵。摩肩接踵的难受除了被动呼吸他人的烟臭屁臭汗臭狐臭之外，你能够看到的风景，永远只是他人的后脑勺。最近有一个杭州游客在黄山景区的现场视频，如果微电影也分级，堪称恐怖片。密麻麻黑压压的人群，铺天盖地倾巢而出，瞬间吞噬整个景区，黄山只剩下少数顶峰，直指苍天，渴望拯救，而山的下半身没了，全趴满了蠕动的人。当然更不用奢望旅游进餐的食品安全与价格公道了。如今旅游业，借用文化乔装打扮涂脂抹粉大肆忽悠，其根本是商业利润变异出来的一个吸金怪兽，诱导人群蜂拥而至，所到之处秀美河山飞快变成水泥广场游乐场索道酒店饭馆公路马路，而假冒伪劣作坊也飞快制造旅客衣食住行的必需品，病从口入的癌症或许从这里埋下伏笔。这就是某些不文明的旅游，这就是传说中的远方，这就是惬意的说走就走。走到哪里，破坏到哪里，践踏到哪里。

嘿，远方没你会更好，朋友你说是吗？这个中秋节，咱哪里都不去。就在家里，喝喝茶，品品酒，听听歌，看看月，翻翻书，静静伏案，慢慢写字，悠悠感怀，反复读信，深深祝福，我亲爱的朋友，愿世上所有美好都是你的。

2016 年 9 月 10 日

成为富人

若说富人作为阶级，骨子里头应有共同特质，我个人理解，无非还是温良恭俭让。最后一句话管总：人要学好。人一定要学好，才好。

年底岁末，新桃旧符，又翻开新日历或不翻纸质只网上虚拟度日，终归都逃不出季节的神机妙算。春节总是要来。雨水总是要来。惊蛰也不仅仅只是蛰惊，天上一个滚雷霹雳，地上人也会一惊：哦又是一年日子一岁人了。这种时刻，总不免想发个心愿，我想说我的心愿是：成为富人。

我的心愿是成为富人，但咱不谈钱。数以百万千万亿万计，那都不是我的富人标准。个人纵然富可敌国，拥有一串无限大数字，却说来伤心，只因生命总是短促到花不掉太多的钱。不过天尢绝人之路，幸好富人还有其他标准，也好像更应该是其他标准，在伦敦巴黎纽约富人区，随时可见的富人应可佐证这一点：衣着普通，气宇不普通。街道也普通，气氛不普通。所以，咱不谈钱，谈相状。

举例说一有钱人的故事，他非常热爱文学，先前读过一批新写实小说自然包括我的小说，就特别喜欢请作家吃饭。他做生日大宴宾客，包了京城一幢高堂华厦顶楼的旋转餐厅，餐厅的落地玻璃，可以旋转360度。有钱人站在窗前，在京城挥挥手，任意一指都有他的房地产，却不幸他还是与普通食客一样，吃虾吃到了泥肠，勃然大怒，拍桌大叫一声："美女滚过来！"同时呸呸直吐，嘴里不断喷出残渣余孽，乱七八糟横陈雪白桌布，同桌客人纷纷调开视线，邻座唯恐避之不及，唯其本人浑然不觉，边吐边骂。我自去找服务员讨要渣斗，服务员圆睁无知美瞳问："啥？啥斗？"我只好自选小托盘一叠，权当渣斗，席间发给大家，以便各自就近在嘴边盛渣。他一把推开渣斗，说："穷讲究啥呀？咱可没那么多讲究！咱就是一农民！"我自讨了一个没趣。笑笑。实际上立刻暗暗点击了删除键，杜绝了日后再发生此类饭局。

一个巨有钱的人，连吃虾被一点泥肠硌牙了都穷凶极恶，这其实就是一副穷相，再有钱，也不算真正富人。我也曾与著名老少文人一起开会进餐，他们也已经很有钱，也已经香车宝马华屋锦衣。煮鸡蛋上来了，趁热吃，是很香。但，看这里：他们一把捞过鸡蛋，手烫得直抖豁，就桌子上急急磕破，碎壳子四处甩，甩人身上也不管不顾，只顾张口大咬，又烫得舌头直弹，敞开大嘴直哈气，清涎从嘴角挂下来。国际连锁的五星级酒店早餐，正好有蛋托，你好心建议他使用蛋托，他竟然反应过度，立刻反击："屁！"不知道为什么，他好像与一只小小蛋托有深仇大恨，气昂昂地宣称："咱就是一农民！咱吃鸡蛋就是吃鸡蛋！从前咱连鸡蛋都吃不上哩！哪里还管怎么吃！"如此，也就很难算得富人相状了。

奥妙的是，许多有钱人有名人，都惊人一致地乐于号称"咱就是农民"，并且肯定是在拼死拼活脱离农民身份以后再乐于宣称，这真是意味深长。

尽管此话一听好比当场吃苍蝇，但是这里咱只谈相状：都有钱几十年了，都人秧子长几茬了，再不该穷人乍富挺胸凸肚了，如果还坚持一副穷相甚至倒退至恶相，那就是故意不学好，那就是居心不良，别谈什么富人相状，或许得谈谈人渣相状了。

当然什么渣斗啦蛋托啦，都是微不足道小工具。微小到我提升它们的意义与价值——更加文明、更有助于人类智力进步、更有助于有钱人摆脱穷相，显然都有小题大做牵强附会借题发挥嫌疑。是的，我承认。因为我天生缺乏说那些振聋发聩豪言壮语的才能，只能实打实分析具体事物。渣斗与蛋托，就是好用，使用了它们，就是更加方便与文明。相比那些宏大事物宏大概念，它就是发生不了歧义，人也就无法进行诡辩。

于是新的一年，我的心愿其实也就是一点很具体的东西了，也无非是在日常生活中，对于任何更文明更先进的任何工具，都乐于接受积极尝试，尽量利人利己。成为富人，说笑而已。富人也没有一个固定相状。若说富人作为阶级，骨子里头应有共同特质，我个人理解，无非还是温良恭俭让。最后一句话管总：人要学好。人一定要学好，才好。

2016年12月28日

半个奇遇

我这一辈子，一直都保有儿时天真幼稚的幻想，总幻想奇遇神迹，倒不曾料想凡人凡事，也会有不凡的辉光。

谁都有状态差的时候。状态极差的那样一种郁闷、厌倦与绝望，真很要命，难以言喻且神仙也救不了。医生与作家，都是琢磨人的职业，所以我就有两个职业习惯，所以我就被习惯养成了一个喜欢琢磨人的人：人是靠什么得救的？当你状态极差的时候。

我经常琢磨。

这一天不幸，我状态极差，双腿沉重脑袋昏沉走进北京西客站，一看，离本次高铁发车时间还差两个多小时。生怕路上塞车，提前量打大了，不料路上没塞，塞在了候车室。候车室高度满座，加上大堆行李和随意放置的“腿们”，基本水泄不通。此番来京，工作不顺，几晚失眠，竟愤而想去爬长城，觉得自己 18 岁心愿在几十年里赴京无数趟都未落实，实乃人生一大失败。不料所乘的士，半路追尾，长城还是没有去成，我再次失败。就这样，我身带多处擦伤和瘀斑，眼睛红肿酸涩，疲惫不堪，鼓起最后勇气，环顾候车室，想与他人对上眼神，打个商量，看能不能挤挤半个臀都行，哪怕能够坐个几分钟都行，结果又是失败。

满目的人民群众，少数人发呆打盹，多数人埋头刷屏，间或抬起一张面孔，也是一脸麻木。人与人之间，没温度没态度没环境，人人都烦别人，人人都嫌人太多。讽刺的是，我正是其中一员。难熬的两个多小时分分秒秒，我的世界观一落千丈。我拿什么拯救你？我的朋友，我问自己，一遍又一遍。

终于开闸放行——这一点于我也是半辈子无数次差旅百思不解的大疑惑：为什么要把旅客拦截高度集中在相对封闭的候车室，只给一点时间让大家一哄而上？而不是让旅客尽快流动？万一出现危机状况旅客如何疏散呢？交通，不是应该让人们更快地交流通过吗？

我带着想不通的烦闷被裹挟在争先恐后的人群之中推推搡搡进入车厢，扑面又是众生喧哗，呼朋唤友叫嚷打牌打牌。天啦，这一瞬间，静息或睡觉的希望，又顿时破灭。我倍受打击，眼皮都没有力气抬起，完全不敢去看人了，看谁都不顺眼了，我只顾低头对号入座。

我第一排，双人座，靠窗。靠走道乘客，我的邻座，一中年男士，已入座并已闭目养神。火车还没开动，此人怎么这么快就进入入定状态？我略感惊异，仿佛他偷了我的尽快入定构思。惊异之下，忽然发现：我似乎时来运转了。谢天谢地：该男士衣着洁净、质地优良、款式得体，头发不脏不腻、无烟臭无异味，胳膊交叉收拢在自己胸前，双腿交叉收拢在自己座椅下，座椅靠背也是收拢竖起，尽管在假寐，也显然是一副文明守礼生怕打扰妨碍其他乘客的姿态。而整个车厢，大多数乘客都在挤来挤去，急忙坐下，急忙放下靠背，坐下就急忙敞开双腿直伸八叉，胳膊大幅度横架于两个座位之间的扶手，手机急忙打起来，高声大气，旁若无人。这不就是我们司空见惯的乘车环境吗？打我 17 岁出门远行至今，已无数次舟楫辗转，经历无数邻座，旅客不都是这样吗？今天这位自好自律到堪称完美的邻座，我还真第一次碰到，更基于以上所有遭遇，不由心生感慨：或许在他，只是习惯与素养；在我，却是与祖国悠久古典礼仪的一种久违。或许在他，只是安分守己；在我，已算高风亮节。或许在他，只是举止得体；在我，却是获得尊重。列车员验票来了，邻座假寐结束。不知不觉，我们闲聊起来。这一聊，不仅十分投契，更有一种无顾无忌的坦率，有些想法、观点、疑惑与苦闷，因我深知祸从口出，是连亲朋好友都不会诉说的，倒是这一刻的萍水相逢格外放松，说了，就了了，随风，飘散了，无祸且得福，这份福气叫作知音，竟是素昧平生来托底。

邻座先到站，彼此道谢，老友般说再见。我继续行程，而上车之前的坏心情，已彻底消散。戴上耳机，音乐低回，远望窗外，看到的却不是窗外景色，而是跃动在更加广阔时空的奇异美景，有静物有人物有声有色如泣如诉，令我身心清澄，焕然一新。这样一种被激发被打开被链接，简直妙不可言。原来拯救人的，还是人。人啊人。我这一辈子，一直都保有儿时天真幼稚的幻想，总幻想奇遇神迹，倒不曾料想凡人凡事，也会有不凡的辉光，今天这也算是半个奇遇了。奇遇半个，我也感恩于心。

2017 年 11 月 2 日

夜色多么好与广场舞

一夜好睡是身体最好的滋补。晚安是亲朋好友之间最日常也是最衷心的祝福。无疑，夜色也是我一天最重要时刻。

人活到一定程度，懂得了少安毋躁，才会发现：夜色多么好。

我说夜色多么好，不是描绘一种情调，是要陈述一个事实。想想人的一生，从清晨到黄昏，整个白天，都在忙活。整个忙活，都会伴随各种噪声。各种噪声，大大小小，乃至小到听上去似乎无声的那些屏息时刻，其实也是紧张的，往往于无声处有惊雷。好了，白天过去。终于夜色来临。夜色是一只无形巨手，为人类悄然解脱白天的奴役枷锁。于是我们有可能偷得人生一点闲了。儿时跑进夜色，我们捉迷藏，数星星，看月亮，抓蟋蟀，闯夜路，听虫鸣，装鬼叫，嘻嘻哈哈，打闹追逐，便有想象力茁壮生长。当月上柳梢头，我们人约黄昏后，用夜色赋予我们眼睛的温柔美好，忽略俗世的尖刻丑陋，于是我们谈情说爱，谈婚论嫁，生生不息，代代相传。夜色循循善诱，让我们缓缓散步、渐渐放松，看人间城郭处处朦胧美，树林有夜鸟梦呓，屋顶有野猫叫春，有黄鼠狼嗖地蹿过，草丛中一闪一闪是萤火虫，东湖或长江有夜浪拍岸，总是阵阵声涛，有节有奏，犹如耳边私语。夜色还会让我们知晓无数生活常识：夏夜蛙鸣鼓噪预示暴雨，冬夜北风骤寒可能下雪。一夜好睡是身体最好的滋补。晚安是亲朋好友之间最日常也是最衷心的祝福。无疑，夜色也是我一天最重要时刻。我无数的感觉、静思与真知，都要靠静夜酝酿。我已养成在夜色中运动的习惯，快走慢跑，出汗冷静，夜色总是能让我打开再收敛。说到这里的问题是：如今夜色越来越少，濒临彻底毁坏。

现在每当夜色来临，广场舞也随之来临。户外空间布满了阵势不等的广场舞。无论交谊舞、民族舞或人们戏称的僵尸舞，无一例外都是高分贝喇叭。原本的宁静夜色，瞬间消失。我承认，由于我对广场舞的不理解，导致我无法看出它的价值和乐趣，所以我也不妄加评价，只说说客观事理：首先宁静夜色来自人类的约定俗成，其恬静神秘优美，是传统文化的审美积淀与美风良俗，是人人建设也应人人遵守维护；其次夜色也是人类孩子成长的必需，是小朋友接受大自然熏陶与教育的最佳时段之一，孩子是人人的也应该人人遵守维护；最后要说户外空间属于公共资源，属于大家共有，任何个人都不可长期据为己有，更不应该妨害他人。近年来不断发生对广场舞的驱赶、叫骂、愤怒以至于泼粪，不外乎就是出于以上理由吧。

更何况，歌舞属于艺术门类，公开表演不仅有技艺标准，还需要专门的剧院场地，还需要向大众预告演出时间。人类以集体生活的形态组成社会，为的是互利共赢，如果某一件事情是互害皆输，那就应该是法律所不允许的了。所谓法制社会，就是这个道理。公共场所的噪音标准、照明标准和占地使用标准，在世界上绝大多数国家，都有法律规定。没有规矩，不成方圆。这是肯定的。我们小时候，看见有人在大街上兀自舞蹈，大人就会告诉我们那是疯子，意思有两层，一是躲开，二是原谅。疯子嘛，失去理智，很可怜的。但如果成群结队的人每天集体出街，夜夜喧哗，公然藐视他人享有夜色的权利，恐怕大家就难以原谅了。据说广场舞的目的就是健身，那么应该总有更合适方式，不必坚决地霸道地把个人快乐建立在他人痛苦之上。不妨假设一下：是否可以为广场舞人群提供室内空间呢？先引进室内，降噪减乱，再做进一步调研。这样就可以尽快还夜色于夜，还公园广场于众，还法理于社稷，还和谐于街坊邻里。至于室内空间，就个人浅显之见，街道办事处、文化馆、群艺馆、俱乐部、党员群众联系中心、群众接待处、咨询中心，星罗棋布在城市社区，更有近年新建市民之家，室内大厅都非常空阔。诸如此类公共空间，原本就是为人民服务的功能，夜晚空着也是空着，不妨让人民再使用一两个小时，兴许两全其美也未可知。这样，美丽的夜色多沉静，就指日可待了。

2017 年 4 月 14 日

垃圾只是放错了地方的金钱吗？

垃圾分类，正是应该从我做起。

早在1912年或许更早，德国人就已经发现垃圾是一种资源，经过化学家们的勤奋工作，垃圾转化成了利润。然后，毫无疑问，德国人做到了，随之，英国人做到了，美国人做到了。就连我们的近邻日本，也做到了。如今对于世界很多国家来说，垃圾分类已成常规，也已成日常生活习惯。

我们的垃圾分类，也不是今天才提出的。我有深刻印象：当年上海杨浦大桥建成通车，我参加作家笔会前往参观，赫然发现杨浦大桥挂了一幅大标语：垃圾分类 从我做起。作家们当时对垃圾分类毫无知觉，还乐呵呵开玩笑，说“原来我是垃圾啊原来我是垃圾啊”。现在一算时间，那居然是二十多年前的事了。

直到近年，我们的垃圾分类，才渐有燎原之势，各大城市，也都搞得热火朝天了。垃圾分类的会议开了很多，垃圾分类的机构也由上而下建制设立，造势也造得很大，大街小巷到处拉起横幅，标语口号很是恢宏豪迈。高分贝喇叭响彻云霄的启动仪式、志愿者的宣誓仪式，仅是我居住的社区，就举行了很多次。大街上的垃圾桶，也都换了几轮，换成了中英文双语的，以及图文并茂的。在这样强大的宣传攻势感召下，也还是有深明大义的人民群众，嗑了瓜子，捧一把瓜子壳，觉悟很高地弯腰细看垃圾桶，想把瓜子壳放进它应该进去的地方，可惜左右为难，人们到底也没能搞懂瓜子壳属于何种垃圾。我也曾积极响应号召，自觉把厨房垃圾与废旧报刊分类装好，送到户外分类垃圾桶，可是眼瞅着垃圾车突突开过来，一一抓起垃圾桶倾倒进车斗，一股脑又都混装了。就是这样。人力物力投进去不少，垃圾分类却始终纠结。

其实当年杨浦大桥的那条标语口号，最是简明扼要击中要害。垃圾分类，正是应该从“我”做起。这个我，包含两个所指：一个小我，一个大我。小我是个人，大我是政府。垃圾由每个小我产生，理应由每个小我分类，都在自己家里分好，定时定点送出来，收取垃圾的回收车，定时定点开过来。

大街就不是一个放置垃圾桶的地方，它是交通要道，越少放障碍物，交通就会越顺畅。日本就是，大街上没有垃圾桶。谁在大街上吃了香蕉，谁就会把香蕉皮放进包里带回家，回家再分类放置。

假如我们要在大街上嗑瓜子，瓜子壳就应该带回家。至于大众游玩的公园，目的只是不让垃圾满地乱丢，所以只管设置最大垃圾桶，混装就好，游客哪有心情和时间去分类呢？玩都时间不够。这一类垃圾，大可设立专门的处理公司。

小我在家里把垃圾分类妥当，就看大我的了。大我这里，高度突显政府权威性重要性。不用说，在政府主导下，转化各种类别垃圾的工厂企业研究所，早就建好投产了。游戏规则不复杂，就是小我大我双方都定点定时，就是不同的垃圾车，装运不同的垃圾，直接奔向不同的垃圾转化工厂。重点只有一个：垃圾送出与回收时间，必须在夜晚。在人流车流最稀少的时间点，在垃圾最不影响交通、环境与观瞻的时刻。这么一配合，事情就成了。大我更有一系列花小钱办大事的管理办法。比如奖惩分明：若是小我遵守垃圾分类，表扬加上奖励，家用垃圾桶、垃圾袋都免费提供；若有违反者，罚款罚到心里疼，社会信用打折扣，公开通报邋遢鬼。一般说来，垃圾怎么扔，都是扔，谁都不想把自己扔成一过街老鼠。

说好勤俭节约是咱中华民族传统美德的呢？德国人最早发现垃圾只是放错了地方的金钱，其他国家接踵而至，纷纷变废为宝，把垃圾变成财富，我们怎么就满地是金子不会捡呢？其实只要大我小我各尽其职，双方互利互惠，美好的垃圾分类，就一定会实现。

2019 年 11 月 22 日

图书在版编目（CIP）数据

从容穿过喧嚣 / 池莉著. -- 南京 : 江苏凤凰文艺出版社, 2021.4
ISBN 978-7-5594-5651-9

Ⅰ. ①从… Ⅱ. ①池… Ⅲ. ①散文集 - 中国 - 当代
Ⅳ. ①I267

中国版本图书馆CIP数据核字(2021)第008249号

从容穿过喧嚣

池　莉　著

出 版 人　张在健
责任编辑　孙　茜　周　璇
特约编辑　刘　平　王慧敏
装帧设计　所以设计馆
责任印制　刘　巍
出版发行　江苏凤凰文艺出版社
　　　　　南京市中央路 165 号，邮编：210009
网　　址　http://www.jswenyi.com
印　　刷　唐山富达印务有限公司
开　　本　880 毫米 ×1230 毫米　1/32
印　　张　8.5
字　　数　180 千字
版　　次　2021 年 4 月第 1 版
印　　次　2021 年 4 月第 1 次印刷
书　　号　ISBN 978-7-5594-5651-9
定　　价　49.80 元